傑作長編時代小説

# 乱愛剣法

## 魔忍者軍団を斬れ！

鳴海　丈



コスミック・時代文庫

この作品は二〇〇八年に刊行された「乱愛剣法」（学研M文庫）を加筆修正し、書下ろし一篇を加えたものです。

# 目次

# 第一章　女《め》獣《じゅう》

## 一

「おい、大輔《だいすけ》。貴《き》公《こう》、そんな立派な図体をして、まさか女識《し》らずの童貞ではあるまいな」

「む……」

稽古着を諸肌《もろはだ》脱ぎにした南条大輔は、汗をふく手を止めて振り向いた。

美男とはいえないが、浅黒く、男らしい引き締まった顔立ちである。西域人の血を引いているかのように、鼻は肉厚で高い。

名前の通り、大輔は巨漢だった。九歳の時にこの尾崎道場に入門して以来、厳しい修業で鍛え抜いた二十二歳の肉体は、筋肉の鎧《よろい》でも装着しているかのように逞《たくま》しい。

上腕部などは、並の女の胴回りよりも太いのだ。肩幅と胸の厚みが同じくらいあるので、まるで樽に手足が生えたような体型になっている。

米俵なら、両肩に二俵ずつ、合計四俵は苦もなく担げるという途方もない偉丈夫《いじょうふ》の大輔であった。

「たしかに俺は女を識らぬが、それがどうかしたのか」

「ほほう。女と名のつくものは牝猫一匹寄せつけぬ堅物という評判は、本当だったのか。それは勿体ないぞ、大輔。女の味も識らないでは、いくら剣術が強くても一人前の男とは言えん」

奥用人・仙波《せんば》頼母《たのも》の息子で、剣の腕前より口先の方が何倍も達者な恭平《きょうへい》は、へらへらと笑いながら、

「どうだ。本町の嘉納屋《かのうや》に良い妓《おんな》が入ったそうだ。稽古も終わったことだし、みんなと一緒に行かぬか」

十代将軍・家治の治世――梅雨も明けた陰暦六月上旬、その正午《ひる》前であった。

信州は白馬《はくば》藩九万九千九百九十九石の城下町にある、各務《かがみ》一刀流尾崎道場の裏庭だ。四本柱の屋根付き井戸の周囲に、門弟《もんてい》たちがたむろしているのだった。

「遠慮しておく」

大輔は無愛想に、遊女屋行きを断った。

「そう言うな。これも男同士の付き合いだ。失礼ながら、懐《ふところ》具合が寂しいのなら、俺が立て替えておく。いや、奢《おご》ろう。なに、昨日、親父から小遣いをせしめたばかりなんだ。女道楽の酸《す》いも甘いも噛み分けた俺が、貴公の筆下《ふでお》ろし指南をしてやる」

「俺は、入門した時に」と大輔は言った。

「女色は修業の障りになるから、これを慎むように――と先代の尾崎先生に戒められておる。俺は、生涯不犯《ふぼん》を貫いて剣の道に精進するつもりだ」

「馬鹿なことを」

お調子者の仙波恭平は、さらに嘲笑《ちょうしょう》して、

「今時、寺の坊主でも医者に変装して妓を買いに行ったり、甚《はなは》だしきは男装した若い娘を寺小姓だと偽《いつわ》って同居させている者もおるのだぞ。女断ちなぞ、何の自慢にもならん。女は良いぞう、ぽにゃぽにゃと柔らかくて、きゅっきゅっと締めつけてきて…」

「馬鹿とは何だっ」

大輔は目を剝いた。

「お主《ぬし》は、尾崎先生の遺戒《いかい》を守ることが馬鹿なことだと言うのかっ」

「待て、待て、大輔」

大輔を本気で怒らせたら手の付けようがないと知っている他の門弟たちが、あわてて彼を宥《なだ》めにかかった。

「恭平殿、お主も口が過ぎる」

「そうだ、大輔に詫びろ」

大輔の幼なじみの楠本徳之介《くすもととくのすけ》が言う。

「わ、わしは、ただ、女識らずは恥だと本当のことを……」

へっぴり腰で後ずさりしながらも、またも話を蒸し返す恭平だ。

「黙れっ」

大輔は、岩塊のような拳を振って怒鳴りつけた。

「男にとって、女はこの世に母者《ははじゃ》ひとりいれば十分なのだ！」

怒鳴った瞬間、真横へ振った右の拳が、勢い余って屋根の柱の一本に激突した。

二寸角の柱は、まるで経木《きょうぎ》のように簡単にへし折れる。

「ああっ」

「や、屋根が……」

啞然《あぜん》とした徳之介たちの見ている前で、あっという間に井戸の屋根は崩れ落ちてしまった――。

二

「いかん……全くいかんな」

南条大輔は国境《くにざかい》に近い笠子《かさご》の森に続く乾いた小道を歩きながら、呟《つぶや》いた。麻の小袖に袴という姿で、編笠を被《かぶ》っている。

「男子たる者、あのように些細《ささい》なことで頭に血が昇るとは……まだまだ俺も修業が足りぬ。もう、腹を立てて怒鳴るのはやめよう」

あれから、先代の尾崎柳也斎宗義《りゅうやさいむねよし》の婿養子で二代目道場主である宣蔵《よしぞう》に丁重に詫びて、屋根の修理の手配をした大輔は、南条家の屋敷に帰った。

大輔の両親はすでに他界し、五つ違いの兄で南条家現当主の新兵衛は、この白馬藩で納戸頭《なんどがしら》を務めている。

その兄嫁の早苗《さなえ》に、大輔は正直に自分の不始末を話した。

「まあまあ、左様《さよう》なことが。大輔殿、よく相手を殴らずに我慢なさいましたこと。

心配はいりません。井戸の屋根の修理代は、この義姉《あね》にお任せなさい。兄上にも、ちゃんとお許しをいただいておきますから」

ひどく義弟贔屓《びいき》の早苗は、微笑しながら請け負ってくれる。

だが、自分の部屋にいても、どうも気がくさくさするので、大輔は脇差だけを腰に差して、外出したのだ。次男坊で無役の彼は、金は無いが、時間だけはたっぷりとある。

大輔が手にしているのは、木刀を入れた袋と着替えの風呂敷包みだけだ。一日の内で最も暑い時間帯だから、編笠の下の顔にも汗がにじむ。

日本で初めて平均寿命が正式に算出されたのは、明治二十四年。一応、西洋医学が普及したその頃でも、男性が四十歳、女性が四十五歳であった。ちなみに、西暦一九〇〇年のアメリカ人の平均寿命は、四十五歳だという。

この時代――稀《まれ》に七十、八十という長寿の者もいたが、庶民の平均寿命は一説には三十代半ばといわれるほど短かった。乳幼児の死亡率が高く、医学が未発達だったので、病気や怪我で重体に陥ると手の施しようがなかったのである。

男性は、武士も町人も十五歳前後で元服する。現代でいうところの成人式だ。商家の丁稚《でっち》奉公は、十歳前後で始まる。また、四十歳の隠居も珍しくない。

女性は、男性よりも一、二歳早く成人し、結婚して子供を産むこともできた。たとえば、太田道灌の子孫といわれるお梶《かじ》の方《かた》は、十三歳で徳川家康の側室になった。この時、家康は四十九歳であった。二代将軍秀忠の娘である珠姫《たまひめ》は、三歳で加賀藩藩主の前田利常に嫁ぎ、十五歳にして初子を出産している。

吉原遊郭の遊女は、十三、四歳から客をとる。岡場所《おかばしょ》や街道の飯盛女《めしもりおんな》も、同じくらいの年齢で躯《からだ》を売った。

女性の呼称は原則として、十二歳以下が〈少女〉、十三歳から十八歳が〈娘〉、十九歳以上が〈女〉で、二十歳を過ぎると〈年増《としま》〉になる。二十五で中年増、二十代後半では気の毒にも大年増と呼ばれてしまうのだ。

したがって、この時代の人間の心情や行動を我々が理解するためには、実年齢に五歳から十歳くらい上乗せする必要があるだろう。

つまり、二十二歳の南条大輔は、現代の感覚でいうと三十歳前後ということになる。

武士は、己《おの》れの家の存続を最重要の使命としている。だから、武家の次男坊の存在意義は、有り体《てい》に言えば、長男に万一のことがあった場合の後継の予備だった。

長男が無事であれば、次男坊は一生、無役のまま嫁も貰えず、飼い殺しである。部屋住みとか冷飯喰《ひやめし》いなどとも呼ばれる。

大名の次男などは〈お控《ひか》え様〉と呼ばれているが、いくら〈お〉と〈様〉をつけても、本人にとって屈辱的な呼称であることにかわりはない。

仮に戦《いくさ》でもあれば、手柄を立てて恩賞を貰い分家を起こすことも可能だが、この太平の世にそれは望むべくもなかった。

それに、長男に男児が誕生すれば、予備としての価値も激減する。その男児、つまり甥《おい》が無事に成長したら、叔父たる次男坊は完全な厄介者扱いであった。

武家の次男坊のほとんどは、そんな冷飯喰いで厄介者の身分に甘んじて、空《むな》しくその平凡な一生を終えるのだった。

兄の予備であることを自覚しながらも、剣の道を極めることに己れの生き甲斐を見出そうとしている南条大輔は、次男坊としては恵まれた方であろう。

「あの、お侍様……」

小腰《こごし》をかがめて擦れ違おうとした百姓が、遠慮がちに大輔を呼び止めた。

「もしや、綾姫《あやひめ》滝の方へ行かれるのでは」

この笠子の森を抜けた奥にあるのが、綾姫滝である。

戦国時代以前にこの地方を支配していた豪族の美しい姫が、都から来た貴族の若者に失恋して、滝の上から身を投げた——というロマンティックな伝説にちなんで、綾姫滝と呼ばれているのだった。

大輔は十三歳の時から、この滝に打たれることを修業の一環としている。自分だけの修業場というわけだ。冷たい落水に身を曝《さら》していると、邪念と迷いが砕け散って洗い流されるような気がするのだ。

「うむ、そのつもりだが」

大輔は怪訝《けげん》そうに、山菜を入れた駕籠を背負った百姓を見る。丸顔で、善良そうな顔をした中年男であった。

「悪いことは申しません。およしなせえまし」

「なぜだ」

「あすこには……魔物が出ますで」

三

「魔物だと」

大輔は白い歯を見せて、苦笑した。

兵法者《ひょうほうしゃ》の彼は、神仏や祖先の霊を敬う心は持っているが、魔物だの幽霊だのという迷信怪奇譚《きたん》の類《たぐい》は一切、信じていない。

「お笑いになるのも無理はねえだども、本当に出るのでごぜえます、女の魔物が」

「なに、女の魔物……」

急に、むっとする大輔だ。

「へい。あの滝の近くを通った者の前に、いきなり、裸の女が現れましてな。その軀《からだ》に見とれとると、いつの間にか滝壺に落ちたり、高い木の上にしがみついていたりと、不思議なことばかり」

「……」

「半月ほど前に初めて魔物が現れてから、溺れかけた者や木の上から落ちて怪我をした者が、かれこれ、五、六名にもなりますか。死人こそ出とりませんが、近在の者は、もう怖がって、誰も綾姫滝の近くを通らねえです。お侍様も…」

「馬鹿者っ！」

　生ける仁王像のような巨漢の大輔に突然、怒鳴りつけられて、百姓は「ひっ」と腰を抜かしそうになった。

「そんな馬鹿なことが、この世にあるものか。何が裸の女だ、何が魔物だ。大方、酔っ払って滝壺に落ちた奴が、自分のしくじりを誤魔化すために、そんな作り話をしたに違いない。その作り話に尾ひれがついて、次々に広まったのだろうよ」

「へ、へい……」

「よいか。人間、性根だ。性根さえしっかりとしていれば、魔物だの魑魅魍魎《ちみもうりよう》だのに心をおびやかされることはない」

「ですが、たしかに、女が素っ裸で…」

「素っ裸も、すっぽん鍋もあるかっ」

　怒りの余り、大輔は訳のわからぬことを口走る。

「左様な話は耳の穢《けが》れだ、もう何も言うなっ」

「ご、ご無礼いたしました……」

　幾度も頭を下げた百姓は、這々《ほうほう》の体《てい》で城下町の方へ逃げ去った。

「やれやれ……ついさっき、自分を戒めたばかりなのに、また、怒鳴ってしまうとは」

大輔は深々と溜息《ためいき》をつく。

「あの者は、親切で教えてくれたのだろうに……気の毒なことをしたな」

気を取り直して、大輔は笠子の森に足を踏み入れた。

昼なお暗い深い森の中である。緑の匂いの濃い清冽な空気を吸うと、肺腑《はいふ》の中が洗い浄められるような爽快な気分になった。

しばらく歩くと、突然、視界が開けて、明るく広い河原に出た。

黒々とそびえ立つ断崖の上から、高さ十数メートルの滝が、どぅどぅどぅ……と白く流れ落ちている。

「一月《ひとつき》ぶりだなあ」

まず、綾姫滝に向かって深々と頭を下げた大輔は、風呂敷と木刀、脇差などを河岸の岩の上に置いて、くるくると手早く衣服を脱ぐ。

白い下帯《したおび》一本の半裸となった。軍馬のように無駄なく発達し盛り上がった筋肉が、強い陽光に照らされて深い陰翳《いんえい》を作っている。

「ん？」

ふと、大輔は振り向いた。誰かの視線を背中に感じたような気がしたのだが、そこには濃緑の森が広がっているだけである。人影どころか、鳥一羽いない。

（いかんな。性根さえしっかりしていれば、などと言っておきながら……）

反省して、臍下丹田《せいかたんでん》に気合をこめる。

そして、大輔は流れに足を踏み入れると、細かい水飛沫《みずしぶき》が白い霧のように舞い上がる滝の落水点へ向かった。大輔は、両手の指を組んで胸の前に置く。肌が血の気を失うほど長く滝に打たれてから、先ほどの岩のところへ戻った。手拭いで軀を強くこすって、血行を促進する。

それから、枇杷《びわ》の木刀を手にして滝の前に立ち、大上段から真《ま》っ向唐竹《こうからたけ》割りに振り下ろすこと、百回。

次に右八双《はっそう》から落水を斜めに斬り下げること、百回。叩き伏せるような水圧にも、木刀の刃筋は乱れない。

さらに、大輔が右足を引いて左八双に構えた——その瞬間、

「何奴《なにやつ》っ！」

振り向きざまに、右手で木刀を横薙《な》ぎにする。かーんっと乾いた音がして、石礫《いしつぶて》が弾き飛ばされた。

幼児の拳ほどの大きさの石礫だった。後頭部に命中していたら、瘤《こぶ》だけでは済まない重量と速さであった。

大輔は広い河原を見回したが、石礫を投げた者の姿は、どこにもない。先ほどの百姓が言った「女の魔物」という言葉が耳の奥に甦ったが、すぐに頭を振った。

(怪力乱神《かいりょくらんしん》を語らず――と聖賢の教えにもあるではないか。しっかりしろ、南条大輔。何のために、お前は剣の修業をしているのだっ)

自分で自分を叱咤してから、それでも油断なく周囲に目を配りつつ、脇差を置いた岩の方へと歩き出す。魔物は存在しなくても、大輔の後頭部を狙って石を投げた者は、間違いなく存在するからだ。

その大輔が、岸辺の木の枝が水面に黒々と影を落としているあたりにさしかかった時、

「むっ!」

その水面に、女の顔が映っていた。

すぐに、大輔は頭上を振り仰いだ。しかし、頭の上に広がっている枝と枝の重なりのどこにも、人間などいない。

「いや、確かに……」

大輔が首をひねっていると、

「っ⁉」

突然、彼の背中に、強烈な殺気が熱風のように叩きつけられた。

四

振り向く暇もない――と大輔は判断した。

咄嗟《とっさ》に、右手の木刀を肩越しに担ぐようにして、背後に鋭き突き出す。左の掌で柄頭《つかがしら》を押しながら、だ。

が、背後の敵は、その攻撃をかわした。左へ跳んで、跳びながら右手を振るう。

「むうっ」

左の上膊部《じょうはくぶ》に、三条の赤い筋が引かれた。

大輔は、突きがかわされたと知るや、右へ移動して相手の攻撃を避けたつもりだったが、かわし切れずに皮膚を切り裂かれてしまったのである。

一間《いっけん》ほど先の河原に、その〈女〉はいた。

中肉中背で、たしかに全裸であった。乳房も、下腹部の黒々とした草叢《くさむら》も、みんな露出している。

長い髪を項《うなじ》のあたりで括《くく》り、腰まで垂らしていた。だが、右手の人差し指、中指、薬指の爪が手鉤《てかぎ》のように鋭く伸びている。

女か、魔物か。

どちらにしても、美女であることに間違いはない。年の頃は二十一、二歳で、両眼が餓えた肉食獣のような危険な光を帯びている。

「貴様、何者だっ」

その大輔の誰何《すいか》に対して、

「……………」

女は、にたりと無言の笑みで答えた。唇の間から、牙のように大きな八重歯がのぞく。

左腕の傷から、ぷつぷつと幾つもの血玉《ちだま》が盛り上がって、大輔は、そこに痛みを自覚した。痛みとともに、怒りがこみ上げて来た。

「えいっ」

大きく踏みこみつつ、両手で電光のような諸手突《もろてづ》きを繰り出す。

女は、その突きをも、見事にかわした。乳房を揺らしながら、上体を弓のように反りかえらせたのである。

そのまま、車輪のように後方へ二回転して、さらに間合をとる。驚嘆すべき反射神経と肉体の柔軟性であった。

しかし、大輔は別の意味でも驚嘆していた。

（あ、あのような形であったのか……）

彼の卓越した動体視力は、後方へ回転する女の下腹部を覆う繁みの中の灰色っぽい肉唇を、はっきりと目撃していたのである。

南条大輔、生まれて初めて見る女人《にょにん》の秘処《ひめどころ》であった。

そのため、心気が少し乱れたのだろう。女が後方回転しつつ河原から拾った小石を投げたのに気づいた時には、もう、避ける時間が残っていなかった。

すでに、目の前に来ていた。

「ちっ」

木刀で、顔面を庇《かば》う。鋭い衝撃があった。小石は、水面に落ちる。

そのわずかの時間に、女の姿が大輔の視界から消えていた。

考えるよりも早く、大輔は腰を落としつつ、己《おの》れの頭上を木刀で払った。

大正解で、その空中に女の軀《からだ》はあった。

小石を投げた後に、女は大輔に向かって素早く駆け寄り、驚異的な発条《バネ》で頭の上を跳躍したのだ。再び、彼の背後を取ろうとしたのである。

「ぎゃっ」

脇腹を直撃された女は、濁った悲鳴をあげて川に落ちた。両足を広げたので一瞬、臀《しり》の双丘《そうきゅう》が全開になり、その谷底の黒ずんだ排泄孔までが丸見えになる。

「っ！」

生涯不犯を誓った大輔とて、木石ではない。人並み以上に生命力に溢れる生身の若者なのだ。かっと頭に血が昇り、腰椎《ようつい》の先端が熱くなる。

命の遣り取りをしている真っ最中なのに、軀の芯に何か火がついたような異様な気分の昂《たか》ぶりを覚えた。

が、大輔の都合に関係なく、相手の方は水の中から上体を起こすと、

「しぇいっ」

右手の鉤爪《かぎづめ》を振るってきた。大輔は、それをかわして、女の肩口に木刀を振り下ろす。

横へ転がって、女は木刀の一撃を避けた。目標を失った木刀は、川底の岩を叩いて折れてしまう。

普段の大輔であれば、絶対にありえぬ失態であった。

その隙に、起き上がった女が左の蹴りを、大輔の鳩尾《みぞおち》めがけて放つ。それを大輔が軀を開いてかわすと、再び、右の鉤爪を振るってきた。

「むっ」

大輔は、手首が交差するように右手を伸ばして、相手の右腕を受け止めた。受け止めた瞬間に相手の手首を摑み、己が腰を沈めつつ、右肩越しに力まかせに投げ飛ばした。

これぞ、真伝鬼頭流《しんでんきとうりゅう》柔術の一手〈比叡越《ひえいご》え〉だ。

余《よ》の者ではない、拳の一撃で二寸角の柱を簡単にへし折る怪力の持ち主の投げ、である。

全裸の女は、流星のように吹っ飛んだ。数間先の河原に、濡れ雑巾《ぞうきん》の如く叩きつけられる。

大輔が衣服や脇差を置いた岩の近くだ。仰向けに倒れたまま、女は、ぴくりとも動かない。

「ふう……」

吐息を洩らした大輔は、川から上がって女に近づく。

女のそばに、きらりと陽に光るものが落ちていた。大輔がかがんで見ると、裏側に環のついた鉄の爪である。これを指先に装着していたのだろう。

（鉤爪が作り物だったということは……この女、人間なのだな）

その正体を見極めるべく、大輔は気絶している女の顔を覗きこんだ――その瞬間、女の右足が大輔を素早く蹴り上げる。白い下帯《したおび》に包まれた股間の急所を狙って、だ。

しかし、大輔の動きは女よりも迅《はや》かった。

左足を引いて蹴りをかわすと、空振りになった女の足首を、左手で下から掬《すく》うように摑む。そして、伸びきった女の右足の内腿《うちもも》を、大輔は右手で摑んだ。

「あうぅっ！」

女は悲鳴を上げた。大輔の右の親指が内腿の急所に圧迫しているからだ。

夜光《やこう》と呼ばれる急所である。一説によれば、ここを極《き》められると夜の間に火花が散るような鋭い痛みが走るために、この名称がついたという。

夜光を極めたまま、大輔は、膝を折った。左膝は河原について、右の膝は女の左足を押さえつけている。

これも真伝鬼頭流の一手、〈松葉固め〉と称する。

「う、ぐぐ……っ」

極められているのは下半身だけで、上半身は自由のはずだが、夜光の痛みがあまりにも激しいので、女は呻《うめ》くこと以外は何もできない。

内腿の奥の秘部は、ぱっくりと口を開いて、その中の淫靡《いんび》な果肉までも見えていた。

「お前は何者だ、何の目的で人を襲うのだ。吐けっ！」

ともすれば女の部分を凝視しそうになるのを、意志の力で何とか目をそらしつつ、大輔は問うた。

「………」

女は顔を背けて、下唇を嚙んでいる。

「言わぬのならば仕方がない。女人を責めるのは、気が進まぬが…」

と、突然、大輔は、ぐらりと大地が傾くのを感じた。

五

地震か。いや、大地が傾いたのではない。

南条大輔の軀《からだ》の方が、ばったりと河原に向かって倒れこんだのである。

「ぬ……………？」

女を責めるどころではなかった。自分の四肢《しし》さえ自由にはならぬのだ。

朽木《くちき》のように河原へ横倒しになった大輔の脇腹を、立ち上がった女が蹴った。

巨体が、ごろりと仰向けになる。

「こいつめ、手間をかけさせやがって」

毒づきながら、大輔の顔面を蹴る。大輔は、口の中に血の味が広がるのを感じた。

「へっ、訳がわからないって面《つら》してやがる。阿呆め、あの鉤爪《かぎつめ》の先には痺れ薬が塗ってあったのさ。さっきの左腕の傷からお前の軀の中に薬が溶けこんで、ようやく今、効いてきたってわけだよ。普通の者なら、すぐに倒れちまうほど強力な薬なのに、全く、馬みたいに頑丈な軀をしてやがる」

「お……おま……え………」

「何だよ。くたばり損ないの爺《じじ》ィみてえに呂律《ろれつ》がまわらないくせに、まだ、あたしの素性《すじょう》が知りたいってのかい」

岩の上の脇差を手にした女は、邪悪な嗤いを浮かべた。しゃがみこんで、大輔の顔を覗きこむ。

「冥途《めいど》の土産に、名前だけは教えておいてやろうか。あたしは、伽羅《きゃら》。三弦《さんげん》の伽羅と呼ばれている」

三弦とは三味線のことだが、この場合は、鉤爪の傷痕が三本の並んだ線であることにひっかけた渡世名《ふたつな》であろうか。

「これで、安心して成仏できるだろう、南条大輔」

「……っ！」

驚愕した大輔は、目を見開いた。

「ああ。勿論、あんたが誰か知っていて襲ったのさ。だけど、襲った理由までは、あんたは知らなくてもいいんだよ。どうせ、すぐに死ぬんだから」

伽羅は、脇差を右の逆手《さかて》で抜いた。

「武家の面目が立つように、見事に割腹させてやるからね。くたばったところで、右手に脇差を握らせてやる。冷飯喰いの身を悲観して自害した――と他人は思うだろうよ」

切っ先を、大輔の左腹にあてがう。

「むぅ…う……」

大輔は手足を動かして抵抗しようとしたが、痺れ薬のもたらす麻痺によって、もがくことすらできない。

「あたしを痛めつけてくれたお礼に、楽には死なせないからね。薬のせいで軀は動かせないけど、痛みは感じるだろう。ゆっくり、ゆっくり、生きたまま腹を切り裂いてやる。この世に生まれてきたことを後悔するくらいの、究極の苦痛を与えてやるから」

外道そのものの笑みをたたえた伽羅は、脇差の切っ先をほんの少しだけ、大輔の腹の皮膚に喰いこませる。

痛みは、鋭い。そこから、小さな真紅の血玉が盛り上がった――その時、何かが破れる音がした。

「え……？」

伽羅は唖然《あぜん》として、大輔の股間を見つめた。

白い下帯《したおび》を引き裂いて隆々とそびえ立つ男の象徴、凄まじいばかりの偉容であった。

黒く、太く、長い。

直径も全長も、並の寸法の倍以上だ。巨根である。しかも、玉冠部の鰓《えら》と茎部との段差が著《いちじる》しい。いわゆる、雁高《かりだか》であった。

茎部には、荒縄を貼りつけたように、太い血管が走っている。童貞なのに、まるで百戦錬磨の強者であるかのように、黒々と照り輝いていた。俗に〈淫水《いんすい》焼け〉と呼ばれる色艶だ。

今、まさに、謎の女によって嬲《なぶ》り殺しにあおうという絶体絶命の状況なのに、その巨根は、どくん、どくん……と力強く脈動しているのだった。

「何なの、これ……信じられない、巨《おお》きい。巨きすぎる……しかも、布を突き破るほど硬いなんて……」

喘《あえ》ぐように、伽羅は言う。その声は濡れそぼり、その目は情欲に潤んでいた。

右手に脇差を手にしたまま、左手で、そっと巨大な肉柱に触れる。

「あ、熱い……生きてる……」

そう言いながら、伽羅は男のものに頬ずりした。邪魔な下帯の残骸を引き剝がす。

そして、己《おの》れの内部に燃えさかる欲望に耐えきれず、男柱を咥《くわ》えた。丸々と膨れ上がった玉冠部を口にする。

「ん…ふぅ……」

口いっぱいに肉冠を頬張って、伽羅は夢中で舌先を使う。舌を使いながら、頭を上下させた。

唾液《だえき》に濡れた女の口腔粘膜と男の肉柱が擦れあって、ぴちゃり、くちゅり、ぴちゃり……という淫らな音がする。

「むむぅ……」

大輔は唸《うな》った。未知の快感が、己れの男根の先端から軀の中心部に伝わって来る。

夢精で下着を汚したことはあっても、手淫の経験すらない大輔なのだ。生まれて初めて味わう吸茎は、骨もとろけるような甘い感覚であった。

特に、小水を放出するための孔を舌先でくすぐられると、痛みにも似た強烈な感覚が腰椎を通り抜ける。

(この世に、こんな夢のような心地があったのか……桃源郷とは、まさに、これをいうのではないか……)

命の危険も忘れて、その悦楽に身をゆだねてしまう、大輔であった。男女の交わりがどういうものかは、道場仲間の猥談《わいだん》から、それなりに理解していた。しかし、これほどの愉悦をもたらすものとは、予想だにしなかったのである。

だが、白昼、淫猥な快楽に溺れて我を忘れているのは彼だけではない。

唇と舌を駆使している謎の女・伽羅もまた、抹殺という目的を忘れて、大輔の巨根を貪《むさぼ》っている。すでに、邪魔になる脇差は地面に突き刺していた。

熱く硬くそびえ立つ肉柱を唾液まみれにした伽羅は、大輔の腰を跨いだ。膝を折って、ゆっくりと腰を落とす。

巨砲の先端が、熱い秘蜜にまみれた灰色っぽい花裂に接触した。

「う、く……」

伽羅は眉をしかめて、さらに腰を沈める。肉厚の花弁が左右に開いて、玉冠部が女孔に侵入する。めりこむ――という表現の方が正確かもしれない。

ず、ずずず……と長大な肉柱が伽羅の体内に埋没してゆく。ついに、その根元までが、彼女の花孔に呑みこまれた。花孔は、その限界まで伸びきっている。

「ああ、いっぱい……あたしの中が、いっぱいになってるぅ……っ！」

目に霞がかかったようになっている伽羅は、叫んだ。大輔の方は、先ほどの口腔粘膜がもたらすのとは別の種類の快感に、酔っている。

騎乗位の姿勢で、伽羅が臀《しり》を蠢《うごめ》かすと、その快感はさらに深まった。伽羅の方も、圧倒的な質量の男根の味に、特にくびれの部分が内部粘膜をこすり立てる快感に、夢中になっていた。

「あん、ああァんっ……凄い、こんなの初めて……畜生、この魔羅は良すぎるよぅぅぅ……っ！」

魔羅――ＭＡＲＡは、男性器の俗称である。

「溶ける……あたしのあそこ、溶けちゃうっ」

幼児のように唇の端から唾液を垂らしながら、伽羅は叫ぶ。

ダイナミックに臀を上下させていた。結合部から、シェイクされて白く泡だった愛汁が飛び散る。

「イくぅうぅぅ………っ！」

ついに快楽曲線が頂点に達したらしい。伽羅は、全身をわななかせた。肉根を咥えこんだ女の蜜壺も、痙攣する。

ほぼ同時に、大輔は精を放った。頭の奥から腰椎の先端まで、眩《まばゆ》い白光が走ったような気がした。

永遠に続くかのように、どくっ…どくっ…どくっ……と何度にも分けて、大量に放射する。

灼熱の溶岩流は女体の奥の院を直撃し、勢い余って逆流すると、結合部から溢れて滴《したた》り落ちる。

実に異常な状態のまま、ついに、南条大輔は初体験を完了したのであった。

その瞬間――いかなる生理的作用によるものか、大輔の五体に感覚が爆発的に甦った。

左手が動く。地面に突き刺した脇差に触れた。

考えている暇はなかった。大輔は、その脇差を逆手に摑んで、伽羅に突き立てる。

「わあっ」

伽羅は、大輔の腰の上から転げ落ちて、河原に臀餅をついた。右の高腿《たかもも》をざっくりと斬り裂かれて、周囲に血を振り撒く。

大きく開いた股間の花園には、巨根の直径と同じくらいに、ぽっかりと空洞ができている。そこから、男の熔岩と女の愛汁のミックスされた白濁した粘液が、とろとろと流れ出した。

大輔が右手を河原について、立ち上がると、

「こ、この化物めっ！」

そう罵って、伽羅は斜め後方へ跳んだ。しかし、絶頂の直後で腰に力が入らな

いのか、太腿の刀傷のためか、転倒してしまう。

「待てっ」

大輔は、伽羅の方へ駆け寄ろうとした。

その時、彼の目の前に、いずこからか飛来した御手玉ほどのものが、河原に衝突する。衝突すると同時に、破裂した。

「あっ」

立ち上った白煙が大輔の視界を遮った。さらに数個が、大輔の周囲で破裂する。白煙の壁に囲まれた大輔は、いきなり、左へ跳んだ。その場に突っ立ったままでは危険すぎるので、白煙の壁の外へ出たのだ。

見ると、怪我人の伽羅を助け起こしている奴がいる。何と、先ほどの人の良さそうな百姓であった。

「己れらは、共謀《ぐる》であったかっ」

大輔が脇差で斬りかかると、

「むっ」

そいつは、逆手に構えた笹葉のような形状の刃物で受け止める。苦無《くない》と呼ばれる忍器であった。

その時、森の方から飛来したものがあった。三方手裏剣であった。敵は伽羅と偽《にせ》百姓の二人ではなく、三人だったのだ。

大輔が、次々に飛来する三方手裏剣を脇差で弾き落とした時には、近在の百姓に化けた男は、伽羅を連れて姿を消していた。

「覚えていろ、南条大輔！　この借りは十倍にして返すぞっ！」

森の奥から逆恨みの言葉を投げつけてから、伽羅の気配は消えた。一陣の風が河原を吹き抜けて、白煙が薄らぐ。

「………」

全裸の大輔は周囲を見回して、敵がいなくなったことを確認すると、左上腕部の傷を調べた。すでに出血は止まり、血は赤黒く固まりかけている。

ぶるっ、と軀が震えた。生まれて初めての命の遣り取りだが、何とか軽傷で生き延びたのは、日頃の修業の賜物《たまもの》であろうか。

そして、生まれて初めての経験は、もう一つ、ある。彼の股間の凶器は項垂《うなだ》れていたが、それでも、普通の男の興奮時と同じくらいのサイズであった。

股間を川の水で洗った大輔は、例の岩のところへ戻って下帯を締めると、

「それにしても……なぜ、見も知らぬ者たちが、俺の命を狙うのだ……」

忌々《いまいま》しげに、呟《つぶや》いた。

部屋住みの次男坊としての平凡な日常から、思いも寄らぬ修羅場に突き落とされて、大輔は何が何だかわからない。今、起こった全てのことが、夢のようにさえ思える。

しかし、腕の傷と肉根に残る疼《うず》くような甘い余韻が、それが現実だったことを証明していた。

「わからん、なぜだっ⁉」

吠えるように叫んだ大輔が、激情のあまり拳骨を振り下ろすと、その大岩は真っ二つに割れてしまった。

# 第二章　傀《く》儡《ぐつ》

## 一

「あら、大輔《だいすけ》殿。何かありましたの」

「は……いや、別に」

どぎまぎして、義姉《あね》の顔をまともに見られない南条大輔である。女体《にょたい》を識《し》ったことを、童貞ではなくなったことを、義姉に見抜かれるような気がするのだ。己《おの》れの意志ではなかったにせよ、生涯不犯《ふぼん》の誓いを破ってしまったことも、羞かしい。

すでに夕暮れ時で、大輔の部屋から見える空は茜色に染まっている。

鏡餅のようにふくよかな体型の早苗《さなえ》は、首を傾《かし》げて、

「でも、綾姫《あやひめ》滝へ出かける時とは、どこか、ご様子が違うような……」

「どうした、どうした。また、早苗が大輔の世話を焼いておるのか」

気軽に部屋へ入ってきたのは、くつろいだ普段着姿の兄の新兵衛であった。この南条家百二十石の現当主である。

大輔とは正反対に、ひどく小柄で、顔も童顔であった。いつも、新兵衛は友人知人に「わしが母上のお腹に置き忘れてきた滋養で、弟の大輔はあんなに大きく育ったのだ」などと言っている。

「大輔は、もう子供ではないのだから、放っておきなさい。妻たる者は、夫の世話が第一であるぞ」

「まあ、あなた」

早苗はたしなめるように、夫の腕に手をかけて、

「わたくしは三人姉妹の末っ子でしたので、小さいときから弟が欲しくて欲しくて、しょうがありませんでしたの。しかも、こんなに面倒見がいのある弟ができたんですもの、嬉しくて。だから、焼餅を焼いてはいけませんわ」

「おお、その通り。焼餅じゃ、焼餅も焼こうよ。三国一の嫁を持つ男は、何かと気苦労が絶えぬわい」

「おほほほ。わたくしこそ、立派な旦那様に嫁いで、鼻が高うございます」

「いや、いや。わしの何が立派なものか。お前という賢妻に支えられて、どうにかこうにかお役目を全《まっと》うしておるだけの、平凡な男よ」

「あのう――」

大輔は巨体を縮めるようにして、遠慮がちに言う。

「夫婦の惚気《のろけ》合戦なら、弟の部屋ではなく、ご自分方の寝間にて心ゆくまで行われたら、どうでしょうか」

「まあ、大輔殿、そのようなことを」

早苗は真っ赤になった。身を捩《よじ》って、袂《たもと》で顔を隠す。結婚して六年になるというのに、まるで新婚のように熱々の兄夫婦であった。

この仲睦まじさで、どうして、いつまでも子供ができないのだろうか。

剣の道に生きて妻《めと》を娶る気のない大輔であったが、兄と早苗を見ていると、夫婦とは良いものだ――と、しみじみと思わざるをえない。

「ところで、大輔」

兄の新兵衛は態度を改めて、

「奥用人の仙波《せんば》様の御子息と揉めたそうだが、気をつけた方が良いぞ」

「兄上。それは、どういう意味ですか」

大輔も座り直して、兄の顔を見つめる。

「つまりだな。お前も知っての通り、我が御主君、大河内《おおこうち》和泉守様には、藤丸《ふじまる》様というお世継《よつぎ》がおられる。そして、御国御前《おくにごぜ》のお嘉世《かよ》の方《かた》様を母とする百合姫《ゆりひめ》様がおられるわけだが……どうやら、仙波様は、お嘉世の方様と手を組んでいるようなのだ」

江戸時代の大名には、二つの責務があった。一つは自分の領地と江戸を往復する参勤交代であり、もう一つは妻子在府制である。

妻子在府制とは、戦国時代の人質制度の名残で、幕府に対して逆心の無いことを証明するために、自分の妻と子を江戸の藩邸に住まわせるというものだ。

ただし、妻子在府制は参勤交代ほど厳格なものではなく、幾つかの例外がある。

たとえば、大名の領地に住む側室《そくしつ》を御国御前と呼ぶが、この御国御前が産んだ子供は、そのまま領地に住むことが黙認されていた。

また、徳川の一族であったり、関ヶ原の合戦などで特別の功労のあった大名の嫡子なども、領地に住むことが許されている。

大河内和泉守の先祖も、大坂夏の陣で真田勢を相手に手柄を立てたことを理由に、代々、嫡子が江戸でも領地でも好きな方に住むことを許されていた。

　そういうわけで、正室のお松の方が江戸藩邸で産んだ長男の藤丸は、白馬領《はくば》で育てられたのである。しかし、十八歳になった今日でも、藤丸君《ぎみ》は出府せず、大名の世継の義務である将軍家との謁見も果たしていない。

　一方、御国御前であるお嘉世の方が半年遅れで産んだ百合姫も今年で十八歳。歌道茶道から香道華道などにも優れ、男心を蕩《とろ》けさせるような絶世の美姫である。あちこちの大名家からの縁談の申しこみが、降るようだという。

「百合姫様を他家に嫁がせるのではなく、どこかの大名家の次男坊か三男坊を婿に迎えて、その婿様を白馬藩の次期藩主にする――これがお嘉世の方様の野望らしい」

「そんな馬鹿な」大輔は憤《いきどお》る。

「先ほど兄上も申された通り、当家には藤丸様という立派な世継がいらっしゃるではありませんか」

「だが、まだ将軍家への御目見得《おめみえ》を済ませておられぬ。大名家でも旗本でも、御目見得が済んでいない者は、厳密には後継者とは言えぬのだ」

「しかし……しかし、ですな」

「御目見得の前に何か理由をつけて藤丸君を廃嫡《はいちゃく》に追いこめば、百合姫様に婿をとって、その婿様を世継にするというのは十分にありえる話なのだ」

「そのお嘉世の方様の野望を後押ししているのが、奥用人の仙波頼母《たのも》様というわけですか」

大名屋敷において、政事《まつりごと》に関わる場所や藩主が休息をとる場所を表《おもて》と呼び、正室や側室の住む空間を奥御殿と呼ぶ。奥向《おくむき》ともいう。

奥御殿は原則として男子禁制であり、奥用人は、表と奥御殿を行き来できる数少ない役職であった。

「そうだ。百合姫様の婿様が次の藩主となった暁《あかつき》には、仙波様は江戸家老にでもなって、藩政を牛耳《ぎゅうじ》るつもりだろう」

「御家《おいえ》乗っ取り……それでは、逆臣ではありませんか。許せぬ、そんな謀反人《むほんにん》は絶対に許せぬっ」

今にも仙波頼母の屋敷へ斬りこみそうな勢いで、大輔が立ち上がった。

「落ち着け、大輔」

「これが落ち着いていられますか、奸臣《かんしん》斬るべし、逆臣これを討つべしっ」

「座れ、座れと言うのに。今、お前に話したことは噂であって、確かな証拠は何もない。そういう相手の息子だから、軽挙妄動は慎めと言いたかったのだ。猪突猛進は真《まこと》の武士のすべきことではない」

「はあ……」

不満そうに渋々座る、大輔であった。そこへ、ぱたぱたと足音が近づいて来て、

「旦那様、旦那様」

仲間をしている老僕の和助《わすけ》が、廊下に両手をついて、

「手紙を持ったお使いが見えられました。旦那様に直接、手渡すようにとの仰せだそうで」

「なに、どなたからの手紙だ」

今の今まで奥用人・仙波頼母の話をしていたので、どきりとする新兵衛たちであった。

「それも、旦那様に直《じか》に申し上げるとのことでして」

「ふうむ」

新兵衛は緊張した顔で立ち上がり、大輔に向かって、

「ここを動くな。よいな」

そう申しつけてから、玄関の方へ向かった。思わず腰を浮かせた大輔の膝に、早苗が肥えた手を置いて、

「いけません」

「は、はい……」

この義姉には逆らえない、大輔であった。

兄の新兵衛は、すぐに戻ってきた。大輔と早苗の前に座って、

「手紙は御家老からだったよ」

「ほう、国家老の島沢《しまざわ》様ですか」

大名家の家老には、領地にいる国家老と江戸の藩邸にいる江戸家老の二種類がある。国許の藩士たちが「御家老」といえば、無条件で国家老を指す。

その国家老・島沢忠広《ただひろ》からの手紙を開いた新兵衛は、内容に目を通して、

「むむ……」

さらに、難しい顔になった。

「大輔。御家老の用件は、お前だよ」

「え？」

「今宵《こよい》、亥《い》の中刻《ちゅうこく》に屋敷の裏門へ、ひそかに来るように——とのことだ」

開いた手紙を大輔に渡しながら、新兵衛は言う。亥の中刻——午後十時である。

「まあ、そんな遅くに。一体、何のためのお召《め》しでございましょうか」

「わからぬ。わからぬが、大輔」

「はいっ」

手紙から顔を上げた大輔に向かって、新兵衛は低い声で言った。

「万一のために、肌着は取り替えていけよ」

二

音もなく、裏門脇の潜戸《くぐりど》が開いた。島沢家の若党《わかとう》が顔を出して、

「——こちらから」

「うむ」

夏羽織に袴姿の南条大輔は、用心のために腰の大刀を鞘《さや》ごと抜いた。潜戸の向こうに待ち伏せされた場合、刀を帯に差したままだと対処できないのである。

身を屈めて、潜戸から国家老の屋敷へ入る。何事もなく潜戸を通り抜けると、大刀を右手に持ち替えた。

亥の中刻——午後十時の武家屋敷街は、黒々と静まりかえっていた。

大輔も若党も、提灯《ちょうちん》は持っていない。月光に照らされた二人は、無言で庭を抜

けて、母屋《おもや》に着いた。庭に面した座敷へ大輔を通すと、

「主人が参りますまで、暫時《ざんじ》、お待ちください」

そう言って、若党は廊下を退がる。

座敷は殺風景な八畳で、大輔は大刀を自分の右側に置いて正座したまま、目を閉じた。どんな状況になっても恥をかかぬようにと、南条家の井戸端で水を浴び、下帯も肌襦袢《はだじゅばん》も真新しいものに替えてきた大輔である。

線香が一本燃え尽きるほどの時間が過ぎた頃であろうか、

「…………」

大輔は静かに目を開いた。

彼の正面と左側、背後は襖《ふすま》で、右側が開け放された障子と廊下だった。

「っ！」

無言の気合とともに、左側の襖の向こうから、槍穂《やりほ》が突き出された。大輔は左膝を立てて、その槍をかわしながら、槍の逆輪《さかわ》を右手で掴む。

ほとんど同時に、正面の襖を蹴破って襷掛けの武士が、座敷へ飛びこんできた。大刀を右八双《はっそう》に構えて、大輔の方へ突進してくる。

その武士は、大輔の肩口めがけて斬りこもうとした。が、その時には、槍の柄《つか》

を下から左手で摑んだ大輔が、背負い投げのような要領で、

「むんっ」

槍を右斜めに、振り下ろした。その金剛力によって、槍の突き手は襖を突き破り、こちらへ転げ出てくる。

「わわっ」

「げっ」

槍の突き手の軀は、正面から飛びこんできた武士に激突した。二人は、もつれ合うようにして倒れてしまう。

相手の手から槍をもぎ取った大輔は、素早く後方へ振り向いた。

後方の襖も蹴り倒して、やはり大刀を右肩に担ぐようにした武士が、飛びこんでくる。

ぶんっ、と大輔の槍が畳の上を水平に振られた。

「あっ」

物凄い勢いで脛《すね》を払われたその武士の軀《からだ》は、宙に浮いた。ずでんっ、と額から畳に落ちる。

槍を捨てた大輔は、左手で大刀を摑んで、右手を柄にかけた。

「まだ、やるかっ」

見えない殺気が、両肩から噴き上がる。

「――それまでっ」

廊下の方から声がかかった。五十年輩の初老の武士が、そこに立っている。

「見事な腕前よな。わしが島沢忠広じゃ」

「はっ」

大輔は大刀を右側に置くと、国家老に向かって両手をついて、

「納戸頭、南条新兵衛が弟、大輔にございます。お召《め》しにより、参上いたしました」

「うむ」忠広は小さく頷いて、

「皆も、ご苦労だった。退《さ》がってよいぞ」

「ははっ」

三名の〈刺客〉は忠広に頭を下げると、刀や槍を拾った。呻《うめ》き声を洩らしながら、よろよろと退出する。後には、破れ襖が倒れているばかりだ。

「ここでは話もできぬ。ついて参れ」

母屋と渡り廊下で繋がった離れの一室に、大輔は招き入れられた。すぐに二十《はた》

歳《ち》くらいの腰元が現れて、茶を置くと無言で退がる。

　忠広は脇息《きょうそく》にもたれかかって、

「一つ訊くが、大輔。なぜ、あの三人を斬らなかったのだ。相手は真剣で襲ってきたのだぞ」

「わたくしは、ご家老に成敗されるような覚えはございません。それゆえ、咄嗟《とっさ》に腕試しに違いないと判断し、傷は負わせませんでした」

「ふうむ」

「なれど――」と大輔は付け加える。

「腕試しの奇襲が失敗したとわかっても、なお、彼らが執拗に斬りかかってきたら、その時は、こちらも本気で斬り捨てるつもりでした」

「………」

「武士の命は、御家《おいえ》のため、ご主君のためにこそ捨てるべきもの。理由もわからず、ご家老の屋敷で犬死にしたとあっては、南条家の祖霊へ申し訳が立ちませぬゆえ」

「うむ、よくぞ申したっ」

　島沢忠広は、満足げに白扇で己《おの》れの膝を打って、

「それでこそ、尾崎柳也斎《りゅうやさい》先生の見こんだ漢《おとこ》だ」

「尾崎先生が……」

「聞け、南条大輔。その方《ほう》に、密命を与える」

「ははっ」

大輔は畳に両手をついた。

「その方、明日より、若君藤丸様の警護役をいたせ」

「！」

とんでもない大抜擢である。

次期藩主である嫡子の警護役ともなれば、禄高はともかく、誰にでも自慢できる特別職であった。無役で部屋住みの冷飯《ひやめし》喰いの身分とは、えらい違いだ。

感激した大輔は、さらに頭を低くして、

「身に余る光栄……大輔、命に替えましても…」

兄は勿論、義姉《あね》の早苗が、この出世をどんなにか喜んでくれることであろうか。

それを考えると、大輔は胸がいっぱいになる。

忠広は、そんな彼の様子を見つめて、

「無論、命賭けだ。武士は常に心に死を覚悟すべきだが、この勤めだけは本当に命賭けになる。相手は、飛騨《ひだ》忍群《にんぐん》の流れをくむという斗狩衆《とがりしゅう》とか申す忍びの一団じゃ」

「斗狩衆……？」

「盗みでも殺しでも依頼されたことは何でもやるという、恐るべき奴らよ。奥用人の仙波頼母が、その斗狩衆を雇ったという報せが、わしの耳に届いたのだ。無論、頼母の背後にいるのは、お嘉世の方様であろう」

「何と……側室の身で、御正室様の産んだ世嗣を弑殺《しいさつ》しようとは、何たる逆心！　そのような者は、このわたくしめが……」

　今すぐに、白馬城奥御殿の側室部屋に斬りこみそうな剣幕になったので、忠広は片手で制した。

「落ち着け。左様な真似は、時を選んで……いや、とにかくじゃ」

　国家老は咳払いをして、

「お方様と仙波の陰謀を叩き潰すのは、動かぬ証拠を摑んでからの話だ。まずは、若君の身の安全が第一」

「お任せください。わたくしの目の黒いうちは、若君に蠅一匹近づけませせぬ」

「頼むぞ。敵は、若君の命を狙うだけとは限らぬ。たとえ命を奪わずとも、大怪我や半病人にしてしまえば、廃嫡という目的は達せられるのだ」

「なるほど。直接の襲撃だけではなく、毒の混入や放火などにも気をつけねばなりませんな」

「うむ」

島沢忠広は両腕を組んで、瞑目《めいもく》した。少しの間、何か逡巡していたようだが、

「さらに、大きな問題があるのだ。実はのう…」

目を開いた忠広が、何か言いかけた時、

「ああっ！」

いきなり、大輔が、ばしっと自分の膝を勢いよく叩いた。あまり突然、かつ大きな声だったので、忠広は腰を抜かしそうになったくらいだ。

「ど、どうした、驚くではないか。急に大声など出して」

その忠広の言葉も耳に入らぬように、

「………」

太い眉を寄せた大輔は宙を睨みつけて、何事か考えこんでいる。

「如何《いかが》いたした、大輔」

「──御家老」

ちらっと隣の間との境の襖に目をやり、それから忠広の方を向いた大輔は、真剣な表情で、

「一つ、お伺いしたいことがございます」

「何じゃ」

「わたくしを若君の警護役にと決められたのは、御家老お一人の思案でございますか。それとも、どなたかにご相談なされましたか」

「知っての通り、若君の身の回りのお世話の一切は、乳母《めのと》の浅路《あさじ》殿が致しておる。その浅路殿と話し合いの上で、その方を登用することにしたのだが」

「そのお話し合いは、お城でなさいましたか」

「いや、三日前の夜に、浅路殿に来ていただき、この座敷で話したのだ」

「なるほど。それで、わかりました」

「何が、わかった？」

それに答えるよりも早く、片膝立ちになった大輔の左腰から、銀光が閃《ひらめ》いた。

ぱちり、と鍔音《つばおと》がして、大刀が鞘に納まる。

と、隣の間との境の襖の上半分が、斜めに切断されて、ぱたりと手前に落ちた。

「っ⁉」

その向こう側に、唖然《あぜん》とした女の顔がある。先ほど、茶を持ってきた腰元であった。

三

「千紗《ちさ》、お前はっ」

驚いて、島沢忠広は叫ぶ。

身を翻《ひるがえ》して逃げようとした千紗の前に、いつの間にか、大輔がまわりこんでいた。

「退《の》けっ」

懐剣を逆手《さかて》で抜いて、気丈にも千紗は突きかかった。かなり素早い動きであった。

大輔がかわすと、矢絣《やがすり》模様の袂《たもと》を閃かせて、さらに鋭く突きかかってくる。その手首を摑んで、大輔は懐剣をもぎ取ると、

「ええい、放せ、放せというにっ」

喚《わめ》く彼女の抵抗をあしらいながら、大刀の下緒《さげお》で後ろ手に縛る。そして、髷《まげ》に

かけた根掛《ねかけ》をとって、それで緩く猿轡《さるぐつわ》を噛ませた。

これで、舌を噛んで自害することはできなくなったというわけだ。

「御家老。三日前の夜にも、この御女中が密談を盗み聞きしていたのです」

隣の間で、横座りの千紗を前屈みの状態に押さえつけて、大輔は言った。

「おかげで、わたくし如きが命を狙われた理由もわかりました」

「命を狙われたとは、どういうことじゃ」

訝《いぶか》る忠広に、大輔は、綾姫滝の河原での事件を説明した。

非常に言いにくかったが、不覚にも伽羅《きやら》という女に童貞を奪われたことも隠さず話してしまうのが、この男の生真面目さである。

「ううむ、三方手裏剣は飛騨忍群に始まるという。其奴《そやつ》らが三方手裏剣を使ったのなら、斗狩衆にまず間違いあるまい」

「御女中から報告を受けた斗狩衆――つまり、伽羅や偽《にせ》百姓どもは、わたくしが若君の警護役を拝命する前に、始末しようと考えたのでしょうな」

「なるほどのう。女の魔物の話も、その方《ほう》を疑心暗鬼にしておいて、暗殺を少しでも有利にしようとしたわけか」

「我らから見れば陰湿な手口ですが、それが忍び者としての彼らなりの兵法《ひょうほう》なのでございましょう」

「それにしても、千紗が密偵になるとは……許せぬ。母親の代からの奉公人と信用しておったのに」

忠広は怒りのあまり、こめかみに血管を浮き出させている。

「大輔、庭に引き据えろ。わしが直々に手討ちにしてくれる」

「お待ちください、御家老。この御女中は、操られているようでございます」

「操られている？」

大輔は、裳裾《もすそ》を乱して暴れる千紗を押さえつけながら、

「巧みに気配を殺して襖の向こうに隠れていたことや、先ほどの懐剣の突きの鋭さは、並の御女中にはできぬこと。おそらく、斗狩衆によって何かの術をかけられているのでしょう」

千紗は狂犬のように目を吊り上げて、大輔や忠広を睨みつけている。

「何とか正気に戻す方法はないのか」

「わたくしも痺れ薬にやられましたが……」

大輔は、はっと何かを思い出して、

「御家老。不作法をお許しいただけますか」

「許す。わしに遠慮せずに、その方の思った通りにいたすがよい」

「では、お言葉に甘えまして――いたします」

大輔は、千紗の軀は俯《うつぶ》せにして、臀《しり》を高く掲げさせた。そして、単衣《ひとえ》や肌襦袢《はだじゆばん》の裾を捲《まく》り上げる。下裳《したも》もだ。

丸い臀が剝き出しになった。

「な、何をするっ」

猿轡の下から、くぐもった声で、犬這いの千紗が喚く。

大輔は、その背後に位置して、左膝を立てた。

茶色っぽい臀の孔も、黒い恥毛に飾られた赤紫色の花弁も、女の羞恥の部分が全てが丸見えになっていた。

大輔が、生涯で二番目に見る女華である。

(道場で仲間たちが、女のものは千差万別と申していたが……この御女中の花器は、伽羅のものよりも、色艶が若々しいような気がする。花弁の厚みも、伽羅より薄いようだな)

わりと冷静に比較することができたのは、やはり経験者になったせいだろうか。

これから自分が行おうとすることが正しいのかどうか、大輔は一瞬、迷ったが、

あるのだ）

（不憫《ふびん》ではあるが、これも御家《おいえ》のため。正気に戻してやるのは、本人のためでも

自分で自分に、そう言い聞かせた。

通常、袴で小用を足す時には、片側の裾を太腿《ふともも》の付根まで持ち上げる。しかし、これでは非常に不便だし、見栄えも悪い。

そこで、袴の前に切れ目を入れて、ここから放水する工夫ができた。これを、無双窓《むそうまど》と呼ぶ。

大輔が穿いている袴は、この無双窓仕立てであった。左手で千紗を押さえつけながら、大輔は右手で袴の窓を開くと、下帯の脇から肉塊を摑み出す。

「むむ」

島沢忠広は目を見張った。だらりと下向きの状態なのに、その生殖器は普通の男の勃起時と同じくらいの質量だったからだ。

それを、大輔は、ゆっくりと扱《しご》く。項垂《うなだ》れていたそれは、徐々に硬度を増して、目覚めた恐竜のように頭をもたげてきた。

「おお……何という逸物だ」

臍《へそ》を打つほどの勢いでそそり立った男根を見て、忠広は唸《うな》る。その肉の凶器は、

行灯《あんどん》の明かりを弾いて黒光りしていた。

臨戦態勢の巨根の先端を、大輔は腰元の花園の入口にあてがうと、

「それはっ⁉」

びくんっ、と千紗の背中が波打った。

大輔は、伽羅に無理矢理犯されたことによって、痺れ薬の麻痺から回復できた。

それと同じことを、大輔は千紗に対して行おうというのだった。

「御免っ」

そう言って、前戯も何もなしに一気に秘門を貫く。

「ヒィィ……………っ！」

千紗の喉の奥から、悲鳴が迸《ほとばし》り出た。猿轡に阻《はば》まれていなければ、その悲鳴は隣の屋敷まで聞こえていたかも知れない。

長大な肉の凶器は、その半ばまでが一気に女体《によたい》に埋没していた。花孔の内襞《うちひだ》が必死で反発して、何とか凶器を押し返そうと抵抗する。

だが、大輔は、さらに体重をかけて、ずずずっ……と押しこむ。肉襞が軋《きし》んだ。

「ぐ、ぐぐ……や、やめて、裂けてしまうぅっ」

「そなたに、盗み聞きするように命じた者は誰だ。それを喋れば、これを抜いて

やろう」

　腰の動きを停止して、そう問うと、

「ううぅ……」

　千紗は頑固に、頭を左右に振った。その額は脂汗で濡れている。これほどの責めを受けながら、まだ、術が解けていないのだ。

「仕方あるまい」

　大輔は、秘肉の抵抗をこじ開けて、容赦なく剛根の根本まで没入する。

「……ァァっ‼」

　千紗は、背中を弓なりに反らせた。全身から脂汗の粒が噴き出す。

　腰元の蜜壺は、喰い千切らんばかりの凄まじい収縮力であった。まだ濡れていない花洞に、常人よりも遙かに巨大な男根を突入させたのだから、無理もない。

「これからが本番だ」

　そう宣言して、大輔は腰を後退させる。黒々と濡れた巨砲の全体の三分の二ほどが外へ出ると、再び、ずん……と、根本まで挿入した。

　その抽送を、緩急をつけて、ゆっくりと繰り返す。

「ぐ…ぎぎ……んァァ……っ！」

十九歳の千紗は、喰いしばった猿轡の間から、絞り出すように苦痛の呻きを洩らした。

四

だが、南条大輔の巨根に責められているうちに、千紗の肉体にある変化が起こった。

内部粘膜を傷つけまいとする女体《にょたい》の純粋な防衛反応か、それとも別の原因によってか、花洞に潤いが生じたのである。その潤いは次第に量を増して、結合部から透明な蜜液が溢れるほどになった。

ほぼ同時に、千紗の呻《うめ》き声の中に、何やら甘ったるいものが混じってきた。

それを聞いた大輔は、緩急のリズムをさらに細かく調節して、浅く、深く、真っ直ぐに、回して、という風に変幻自在に責める。

折檻《せっかん》――いや、責姦とでも言おうか。

「ああん……もっと……もっと奥まで……」

今や、千紗の反応は、苦痛からのものではなくなっていた。痛覚の頂点を越えることによって脳の中に麻薬的な様物質が溢れ、被虐の悦楽に浸っているのだろう。

大輔としては断言はできないが、千紗は処女ではなかったようだ。経験者であったことも、苦痛から快楽へと転嫁した一因かも知れない。

彼は、牝犬の姿勢の千紗を背後から力強く犯しつつ、

「御女中、言いなさい。誰に命じられて御家老の話を盗み聞きしたのか」

「言えません……それは言ってはならぬ、と……」

逞《たくま》しすぎるもので蹂躙《じゅうりん》されながら、夢現《ゆめうつつ》のような口調で千紗は呟《つぶや》く。大輔は、その秘肉の締めつけを味わいながら、

「そう申しつけたのは誰か」

「……」

「言わねば、抜くぞ」

大輔は、肉茎を半分ほど引き抜いた。

「いやっ、いやよっ」

千紗は臀《しり》を蠢《うごめ》かして、貪欲に男根を咥《くわ》えこもうとする。

「それっ」

いきなり、奥の院まで突撃した。

「………っ！」

声にならぬ悲鳴を上げた千紗の臀肉を、両手で鷲摑みにすると、がっ、がっ、がっ……と短い間隔で猛烈に突きまくる。

「言え、命じたのは誰だっ」

「……ご…吾作《ごさく》さんっ」

正気を失ったように、千紗は叫んだ。

「下男の吾作さんですぅぅ……っ！」

大輔の狙い通り、性行為の頂点において、千紗を操っていた術が破れたのである。

下男に化けた斗狩衆は、催眠術のようなもので彼女を操り、その肉体の潜在能力を引き出すことによって、常人を越えた働きをさせていたのであろう。

千紗は、叫ぶと同時に失神する。十九歳の肉襞《にくひだ》が強烈に収縮した。大輔は、熱いものを大量に放つ。

綾姫滝の河原での交わりは、斗狩衆の伽羅に無理矢理に童貞を奪われたものであった。すると、この千紗の責姦こそ、大輔が自分の意志で経験した本当の初体験ということになろうか。

その時、「申し上げますっ」と言いながら、先ほどの若党がこちらへ駆けてきた。

島沢忠広は、さっと立ち上がり、自分から廊下へ出る。座敷の中の様子を、若党に見せないためだ。

「これ、騒がしい。如何《いかが》いたした」

「はっ」

若党は、廊下に平伏して、

「つい先ほど、御庭見回りの者が、塀を乗り越えようとしている不審な輩《やから》を発見し、誰何《すいか》致しましたところ、それは何と、下男の吾作にございました」

「……………」

「で、吾作は見回りの者に三方手裏剣を浴びせると、そのまま逃走したのでございます。目下、伊豆平八他四名の者が手分けして、逃げた吾作の行方を追っております」

「そうか。ご苦労、だが、一通り探して見つからなければ、もうよい。この件は、内密にいたせ」

「ははっ」

緊張しきった声で返事をして、すぐに若党は退《さ》がった。座敷へ戻った忠広は、再び上座に座って、

「吾作——いや、吾作に化けていた者は、捕らえられるかな」

「いえ。わたくしが御女中の盗み聞きを見破った時点で、早くも逃走したほどの奴ですから。おそらく、斗狩衆は、本当の下男を殺して入れ替わっていたのでしょう」

大輔は答えた。そして、甘美な余韻を断ち切るように、結合部に懐紙をあてがって、己《おの》がものを抜き取る。

真っ赤に腫れ上がった千紗の秘部の後始末も丁寧にして、裾を下ろして汗に濡れた臀を隠し、衣服の乱れを直してやった。

後ろ手に縛っていた下緒もとると、忠広に向かって両手をつく。

「見苦しき振る舞い、お許しください」

「いや、今こそ、わしは尾崎先生のお言葉が真実だったと知ったぞ」

「そのお言葉とは」

「大輔。その方《ほう》は、尾崎道場に入門仕立ての頃、女色を慎むようにと言われたであろう」

「あ、はいっ」大輔は、さらに頭を下げて、

「心ならずも師の遺戒を破ったこと、残念至極に存じます」

「いや、いや。そのように悔やむ必要はない。実は、柳也斎先生は、井戸端で水浴びをしているその方を見て、感心されたのだそうだ」

「はあ……？」

島沢忠広の話によると――各務《かがみ》一刀流の達人であった尾崎柳也斎宗義《むねよし》は、九歳の入門者だった南条大輔の股間を見て、その生殖器が女殺しの名品であると見抜いたのだ。

だが、体軀《たいく》にも体力にも精力にも、そして肝心の道具にも恵まれた大輔が、色の道に溺れこめば、手のつけられぬ放蕩者《ほうとうもの》になることは間違いない。それで「女色を慎め」と戒めたのである。

そして、島沢忠広に向かっては、「彼《か》の者は将来、必ずや御家のために働くことでございましょう。ただ、その際には、多少の色事はお見逃しくださいませ。それも含めて、あらゆる意味で御家の役に立つ漢《おとこ》でございます」と言上《ごんじょう》したのだった。

「のう、大輔」忠広は言う。

「柳也斎先生のおっしゃった通り、その方は、剣の腕でも色の道でも御家に役立

つ漢であったのだ」

「これは、何とも……」

ほっとしたような、驚いたような、がっかりしたような、誇らしいような、羞かしいような、何か複雑な気分の大輔であった。褒められていることは、間違いないのだが。

「それにしても、本日、初めて女体に接したばかりだというのに、その方の先ほどの千紗の責め方は、まるで色道の達人のようであったな」

「畏《おそ》れ入ります」と大輔。

「わたくし、愚考いたしますに……色の道と剣の道の極意には、相通ずるものがあるのではないでしょうか」

「ほほう。色道と剣の道が」

「つまりは、相手の呼吸を読むことが肝要。女人の反応を観察しつつ、緩急自在に臨機応変に攻めの手を変えること。己が物の直線の動きと円の動き、深い突きと浅い突き……そして、押さば引け、引かば押せの精神は、剣の試合と変わりありませぬ」

「なるほど。言われてみれば、確かにのう」

何度も頷いた忠広は、手を打って、他の腰元を呼び寄せた。そして、三人がかりで気を失ったままの千紗を連れていかせる。

「さて、大輔」

島沢忠広は表情を改めて、

「家臣どもの間では、若君のことをどのように噂しておるのだ。遠慮せずに、申してみよ」

「はあ、では遠慮なく」と大輔。

「一言で申し上げて、変わり者という評判ですな」

「うむ」

「藤丸君《ぎみ》は、御軀《おからだ》こそ小柄ですが、文武両道に優れて、見目麗しき容貌とか。しかし、赤子の頃に頭にできた腫物《はれもの》の痕《あと》を気にされて、元服を過ぎても月代《さかやき》を剃らず、また、女人嫌いで腰元を一切近づけない。人見知りが激しいので小姓すらも寄せつけず、身の回りのお世話は、乳母《めのと》の浅路様が一手に引き受けておられるとか。しかも、寺小姓が着るようなきらびやかな振袖姿がお好みで、さらに風呂嫌いという噂もあります。それでは、とても江戸へ行って将軍家にご挨拶するなど無理であろう――と皆は申しております」

「そうか」

忠広は軽く溜息《ためいき》をついた。

「それはみんな、本当のことだよ」

「左様でございますか。すると、わたくしも、遠くから若君をお護りするわけですな」

「そうではない。先ほど言いかけたことだが……」

忠広の面に、厳しい色が漲《みなぎ》った。

「いよいよ、その方に御家の秘密を打ち明ける時が来た。南条大輔、これへ」

「はっ」

大輔も緊張して、膝行《しっこう》する。その耳に、忠広は顔を寄せて、

「若君の藤丸様が未だに将軍家に御目見得をせぬのには、それなりの理由がある。実はな――――」

それを聞いた大輔は、

「何と……」

双眸《そうぼう》を見開いて、絶句する。

白馬藩国家老の話は、まさに御家の存亡に関わる、驚くべきものであったのだ。

# 第三章　若君変化

## 一

「本日より、藤丸君《ふじまるぎみ》の警護役を仰せつかりました南条大輔《だいすけ》にございます。至らぬところも多々ございましょうが、よろしくお引き廻しくださいますよう」

翌日の朝――白馬《はくば》城の御世嗣部屋の脇にある書院で、裃《かみしも》姿の大輔は、乳母《めのと》の浅路《あさじ》に挨拶をした。

四十前の浅路は、柔和な笑みを浮かべる。

「忠勇無双の此方《こなた》に若君の警護役についていただき、この浅路、百万の味方を得た思いでございます。こちらからもお願いします。何卒《なにとぞ》、よろしゅうに」

そう言ってから、声を落として、

「子細は万事、御家老よりお聞き及びと思いますが――」

「はっ」

顔を上げた大輔は、じっと浅路を見つめて、わずかに頷いた。それを見た浅路も又、小さく頷く。

言葉で語らずとも、二人の間に、共通の了解が成ったのである。

「浅路様の今日までの人知れぬご苦労、お察し申し上げます。わたくしが若君のお側に侍《はべ》りますからには、何者も近づけませぬゆえ、ご安心ください」

「おお、大輔殿の頼もしいこと」

安堵の笑みを慎ましく袖で隠す、浅路であった。

「では、早速、若君にお引き合わせいたしましょう。今、ご都合を伺ってきますゆえ」

浅路が立ち上がった時、若侍が慌ただしくやって来て、廊下に両手をついた。

「浅路様に申し上げます。若君が只今、御厩《おうまや》にて月影《つきかげ》に乗ると仰せられまして――」

「まあ、月影は稀代の暴れもの、まだ調教前ではありませんか」

「我らも、そう申し上げたのですが、若君は、どうしても一鞍《ひとくら》責めるとの仰せで」

「それは是非、お止めせねば。のう、大輔殿」

「はっ」

早速、大輔は浅路と一緒に、城の東側にある厩へ向かった。

だが、二人が厩へ入るよりも早く、

「ああっ⁉」

どどどっと中から物凄い勢いで飛び出してきた、黒い影があった。

全身が夜の闇のように真っ黒で、眉間に雲の間からのぞいた月のような白斑《はくはん》があるところから、月影と名づけられた荒馬である。

乗り手の水色の振袖が、大輔の顔を平手打ちするかのような勢いで閃いて、そのまま東門から月影は矢のような速さで駆け去った。

「若君が、若君がっ」

厩中間《ちゆうげん》や別当《べつとう》たちが、為《な》す術《すべ》もなく慌てふためく。その混乱の中で、大輔は肩衣《の》を毟《むし》り捨てると、鞍を乗せてある鹿毛に素早く跨った。

「退け退けっ、皆の者、退けっ！」

鹿毛の腹に鐙《あぶみ》の角を入れて、狼狽《うろた》える一同を蹴散らし、東門から飛び出す。この鹿毛は、たしか、伊吹《いぶき》という名だ。

「伊吹、若君のためだ。今こそ、その方《ほう》の忠心を見せて、月影に追いつけっ」

若竹を斜めに削いだような鹿毛の耳に、そう言い聞かせると、大輔は、さらに急《せ》かせる。彼の言葉がわかったものか、乗り手の技量を信頼したのか、伊吹は猛然と地を蹴った。

通行人たちが右往左往する城下町を矢のように駆け抜けると、道の両側には青々とした水田が広がる。今年は豊作であろう。

ようやく、鈴掛山《すずかけやま》の山道で、前方に土煙が見えてきた。

白く焼けた道を駆ける月影の背に、左右の振袖を鯉幟《こいのぼり》のように翻《ひるがえ》した藤丸君の後ろ姿がある。髷《まげ》を結《ゆ》わずに、旋毛《つむじ》の辺りで括っただけの黒髪が絹の黒扇のように背中に広がっていた。

その藤丸が、ちらりと肩越しに振り向く。麗貌《れいぼう》という言葉にふさわしい、細面《ほそおもて》で気品のある顔立ちであった。

伊吹に乗った大輔が追ってくるのを見て、紅唇の端に驕慢《きょうまん》な嗤いが浮かぶ。前へ向き直ると、ぴしゃりと籐《とう》の鞭を入れた。月影は、速度を上げる。

それを見て、大輔は「お待ちくださいっ」と声をかけるのを、やめることにした。制止したからといって、素直に聞く相手ではない。逆らうに決まっている。

藤丸君は、背中全体で追いすがる家臣を嘲笑《あざわら》っているようであった。

（とにかく追いついて、轡《くつわ》をとらねば……）

しかし、全力疾走を続けて来た伊吹の体は汗だらけだ。疲労が激しいから、口からは煮すぎた粥のような白い泡の塊を吹いている。

「むっ？」

異様な気配を感じて、大輔は振り向いた。後方から、樹冠《じゆかん》の木漏《こも》れ陽《び》が斑《まだら》模様を映す山道を、二つの土煙が近づいてくる。

城から応援の者が二騎、来たのかと思ったが、そうではない。馬ではなかった。人間が二人、土煙を立てて駆けているのだった。

海老茶色の忍び装束を着ている。袖無しの上衣と膝までの短袴で、剥き出しの腕と脛には同色の手甲《てつこう》と脚絆《きやはん》をつけていた。さらに、目の部分だけを開放した同色の頭巾をつけている。

「斗狩衆《とがりしゆう》かっ！」

大輔の襟足の毛が、狼のように逆立つ。

荒馬を駆る我儘《わがまま》な若君を無事に連れ戻すだけでも一《ひと》苦労だというのに、もっと厄介なものが、もっと危険なものが出現したのであった。

伊吹を操りながら、彼は脇差を抜いた。馬に乗ったのは城中なので、大刀は帯びていない。腰物《こしもの》部屋に預けてあるのだ。

二人の忍び者は、見たこともない独特の走法で、左右から大輔の乗る伊吹を追い越そうとする。

いくら、走り始めより馬の速力が落ちているといっても、道は上り坂なのだから、とても人間業《わざ》とは思えない。

が、その超人的な脚力に感心しているような暇はなかった。大輔は、左手で手綱を保持しつつ、左の鐙を外して、

「むんっ」

馬体の右側へ、身を乗り出すようにした。その姿勢から、忍び者の肩口へ脇差を振り下ろす。

が、そいつは渓流を泳ぐ岩魚《いわな》のような鮮やかな身のこなしで、大輔の一撃をかわした。不安定な姿勢からの攻撃だったので、鋭さが欠けていたのだろう。手首を返しての二の太刀は、不可能だ。

そして、右側の忍び者は、さらに速度を上げて月影に迫った。左側の忍び者は、もう、月影と併走している。

さすがに、藤丸も異常な気配に気づいていた。

「曲者《くせもの》っ」

左手に持ち替えた鞭を振るって、斗狩衆の顔面を打ち据えた。と、その斗狩衆は、顔の前すれすれに、左手で鞭を受け止める。

鞭を取られまいと、藤丸は左手を引っこめようとした。そのわずかな力を利用して、斗狩衆は走りながら、跳躍する。

「あっ」

驚愕する藤丸の背後に、斗狩衆は飛び乗った。そのまま、背後から月影の手綱《たづな》を奪おうとする。

突然、その背中を銀光が貫いた。

「ぐ……」

短く呻《うめ》いて、その忍び者は月影の背から転げ落ちる。彼の背中には、大輔の投げた脇差が突き刺さっていた。

賭けであった。

力を抜いて脇差を投げても、傷が浅ければ忍び者の戦闘力を奪えない。しかし、思いっきり投げると、忍び者のみならず、その前の藤丸の背をも貫くおそれがあったのだ。

南無三《なむさん》――と口の中で唱えて投げたのが、成功の理由であろうか。右側を疾走している忍び者は、落ちた仲間を振り向きもしない。振り向きもしないかわりに、懐《ふところ》から苦無《くない》を出した。

（しまった……俺には、もう武器がないぞ！）

これが地面に両足をつけている状態なら、石でも何でも拾えるのだが、疾走している馬の上では、新たな得物を入手することはできない。

仕方なく、大輔は脇差の鞘《さや》を抜いた。これを投げつける。が、忍び者は、苦もなく左腕で鞘を払い落とした。

そして、そいつは走りながら鞍の腹帯を摑んで、藤丸の左足に苦無を突き立てようとした。

もはや、躊躇《ちゆうちよ》する余裕も、思案する暇もない。大輔は、己《おの》れが考え得るただ一つの方法をとった。

鞍の上に両足をかけると、

「ええいっ」

跳んだ。

飛蝗《ばつた》のように跳躍したのである。巨漢の踏み台にされた伊吹が、凄まじい土煙を巻き上げて横転した。

大輔の巨軀《きょく》が宙を飛ぶ。そして、見事に、藤丸の背後に降りた。驚くべき脚力と反射神経である。

有無を言わせず、若君の脇の下から両腕を差しのべて手綱を奪うのと、右足で斗狩衆の顔面を蹴りつけるのが、ほぼ同時だった。

「がはっ」

信じられない角度に首をねじった忍び者の軀《からだ》は、苦無を放り出して、二間《にけん》ほど吹っ飛んでしまう。

「な、何者かっ」

甲高《かんだか》い声で、藤丸が誰何《すいか》する。丸太のように太い大輔の両腕の中にあって、年齢の割りには骨細の華奢《きゃしゃ》な軀つきであった。

「南条大輔、本日より若君の警護役を仰せつかりし者にござるっ！」

返答しながら、大輔は焦っていた。月影が止まらないのだ。

いくら気が荒くても、馬は本来、繊細な草食獣である。それが、全力疾走の最中に忍び者に襲われるわ、命の遣り取りがあるわ、巨漢が飛び乗って来るわで、完全に恐慌《きょうこう》をきたしてしまったのだった。

「ま、前が！」

藤丸が叫んだ。前方の道が右へ曲がっているのだ。その向こうは、屛風谷《びょうぶだに》と呼ばれる垂直に切り立った崖である。

完全に正気を失った月影は、南条大輔と大河内《おおこうち》藤丸を乗せたまま、

「あっ」

「わあっ」

全く勢いを落とさずに、その崖っぷちから空中へと飛び出した——。

## 二

小屋の窓から急角度で射しこんでいた陽光が、姿を消した。太陽が、ようやく中天まで昇ったのであろう。

その小屋の内部には、荒縄を渡して、南条大輔と藤丸の衣服が干してある。近在の百姓たちが薪《たきぎ》拾いをしている最中に、雨にあった時など使う小屋であった。

前に使った者が水瓶をいっぱいにしてくれていたので、大いに助かった。鉤型《かぎ》の土間の隅には、二晩分くらいの薪も積んである。その脇には、長さ六尺ほどの

竹が数本、立てかけてあった。

　土地の百姓でない者が、この小屋を利用した時は、目立つ場所に心ばかりの礼金を置いておくのが定法《じょうほう》である。

　もっとも、今の大輔には礼金の持ち合わせも、それを包む懐紙もない。板の間の囲炉裏の前に胡座《あぐら》をかいた彼は、下帯《したおび》だけの裸体である。

　抜群の生命力によって、昨日、三弦の伽羅《きゃら》によってつけられた傷は、ほとんど塞がっていた。

　囲炉裏の反対側には、仰向けに藤丸が横たわっていた。その裸体には、半乾きの肌襦袢《はだじゅばん》が掛けられている。

　我儘《わがまま》で癇癖《かんぺき》だとはいえ、長い睫《まつげ》を閉じて眠っている藤丸の顔には、やはり大名の嫡子にふさわしい気品が感じられた。

　割り箸より簡単に薪をへし折って、大輔は、それを囲炉裏にくべる。

「さても……よくぞ助かったものだ」

　誰に聞かせるともなく、そう呟《つぶや》いて、大輔は溜息《ためいき》をついた。

　彼も藤丸も、打ち身以外の怪我はないようだ。高さ十数間《けん》の崖から転落したものの、落ちた場所が高見川の深みとは運が良かったのである。

そこに岩でも突き出していたら、五体が砕け散っていただろう。月影の馬体に押し潰されなかったのも、幸運であった。

しかし、谷川の流れは速かった。着水の衝撃で四肢《しし》の自由が利かなくなった大輔と気を失った藤丸は、岸に泳ぎ着くこともできず、かなり下流まで流されたのである。

ようやく、川が大きく湾曲しているこの緑《みどり》ヶ淵《ふち》で、大輔は、藤丸をかかえて岸へと這い上がることができた。

そして、一刻《いっとき》半――三時間ほど前に、この薪小屋を見つけたというわけだ。あと一刻もすれば、小屋の中に干した衣類も乾くだろう。

外の日当たりの良いところに干せば、とっくに乾いているだろうが、それでは目立ちすぎる。斗狩衆が、川に落ちた大輔たちを探しているかも知れないのだ。

藤丸の脇差も川で落としているから、二人とも丸っきりの無腰なのである。小屋の中に鉞《まさかり》か鉈《なた》でも置いていないかと探したが、無駄だった。

とにかく、着物を着たら、この辺りの庄屋の屋敷を見つけて、こちらの身分を名乗り、馬を用意させて城へ帰れば良いのだ。上手く行けば、その前に、城からの捜索隊に出会えるかも知れない。

「む……」

かすかに身じろぎをして、藤丸の睫が震えた。ゆっくりと瞼《まぶた》を開く。

「お目覚めでございますか、若君」

覚悟していた瞬間が来たな――と思いながら、座り直して大輔は言う。

「ご安心ください。ここは高見川の緑ヶ淵にほど近い百姓衆の薪小屋、敵の気配はありませぬ。幸いにも、お怪我はないご様子。衣服が乾きましたら早速、城へ戻るといたしましょう」

「衣服が…乾いたら………」

藤丸は少しの間、ぼんやりと大輔を見ていたが、はっと顔色を変えた。弾かれたように、上体を起こす。生乾きの肌襦袢がずり落ちて、藤丸の上半身が剝き出しになった。

その胸部には、碗を伏せたように形の良い小さなふくらみが二つ。乳輪は薄紅色である。

「あっ」

その胸乳《むなぢ》を両腕で覆った藤丸は、小屋の内部に渡された荒縄から垂れ下がっている長い晒し布を目にした。そして、その隣の細い下帯も……。

「み…見たな、貴様！」

　羞恥と怒りの入り混じった眼で、十八歳の若君は大輔を睨みつける。その顔からは、血の気が引いていた。

　白馬藩九万九千九百九十九石の次期藩主・藤丸は、大河内家の若君は——実は女だった。若君ではなく姫君であったのだ。

　小柄で、年齢の割には骨組みが華奢《きゃしゃ》であったのも道理、男ではなく年頃の娘だったのである。

　藤丸が元服を過ぎているのに月代《さかやき》を剃らなかったのも、きらびやかな振袖姿を好み、乳母《めのと》の浅路しか寄せつけず、しかも風呂嫌いというのも、男装の姫君ゆえであった。

　片肌脱ぎになる弓術の稽古を嫌っていたというのも、浅路以外の人間に肌を見せられないからである。

　晒し布は乳房のふくらみが目立たぬように胸部に巻いていたもの、下帯は幅の狭い、いわゆる女下帯である。

　藤丸は女人《にょにん》——昨夜、国家老の島沢忠広《しまざわただひろ》が打ち明けた御家《おいえ》の秘密とは、これであったのだ。

今より十八年前——藩主の大河内和泉守兼之《かねゆき》の正室・お松の方が、江戸の下屋敷で初子を出産した。武家の主人のほとんどがそうであるように、和泉守もまた、世継たる男児の誕生を熱望していた。

しかし、生まれたのは花のように愛らしい女児であった。すると、和泉守は落胆のあまり、とんでもないことを命じたのである。

生まれたのは男児だと公儀に報告し、嫡子として育てよ——と。

江戸家老・笹山惣兵衛《そうべえ》は、本来ならば癇癖で思慮の浅い藩主を諌《いさ》める立場にある。が、この時は和泉守に諌言《かんげん》するどころか、惣兵衛は本当に、「嫡子の藤丸君が誕生いたしました」と幕府に届けを出してしまったのである。

赤子が未熟児で、とても三歳までは育つまいという江戸の藩医の見立てが、惣兵衛の愚行の後押しをしたのだろう。幼くして亡くなり埋葬してしまえば、男子でも女子でも関係ないと考えたのだ。

とにかく、一度、男児という正式の届け出をしてしまった以上、もう、万事それで押し通すしかない。

かといって、将軍家のお膝元である江戸府内で藤丸を育てるのは、秘密保持の面からも何かと不安が残る。それで、藩祖の手柄による特権を行使して、まだ乳飲み子の藤丸を国許へと送ったのだった。

そして、十八年後の現在――藩医の見立てに反して、藤丸は立派に成長している。男を装った姫君として、ではあるが。

この真実を知っているのは、江戸藩邸では藩主の和泉守と現在の江戸家老で惣兵衛の息子の笹山庄太夫《しょうだゆう》の二人のみ、国許では国家老の島沢忠広と乳母の浅路、藩医の薄田《うすだ》良庵《りょうあん》、そして南条大輔の四人だけだ。

もしも、藤丸が公儀に女人だと知れたら、一大事だ。最悪の場合、将軍家を騙したという罪で、藩主の和泉守と娘の藤丸は死罪、白馬藩は取り潰しになるだろう。

「ご無礼ながら、お召《め》し物を乾かすために仕方なく――」

大輔は頭《こうべ》を低くして、なるべく藤丸を刺激しないように、淡々とした口調で言う。

「一切の事情は、御家老より伺っております」

が、その言葉の半分も、藤丸は聞いていなかった。自分の脇差を探して、忙しなく周囲を見回す。が、脇差は勿論、武器になるものは何も見つからない。

「お、おのれ……」

蒼白であった藤丸の首筋から耳朶《じだ》へと急速に血が昇り、顔中が真っ赤になった。

「わしの軀《からだ》を見たな……許さぬっ」

逆上した藤丸は、肌襦袢を蹴飛ばすようにして立ち上がった。囲炉裏を飛び越えて、座して動かぬ大輔に摑みかかる。

はしたなくも、一糸まとわぬ全裸のままで、だ。

「その目玉、抉《えぐ》り出してくれるっ！」

「お心静かになさいませ、若君」

大輔は、苦もなく藤丸の左右の手首を摑んで、

「今は、斗狩衆なる刺客を撃退し、ご側室のお嘉世《かよ》の方様《かた》と奥用人の仙波《せんば》頼母《たのも》様の御家の乗っ取りの野望を挫《くじ》くことこそ、第一の急務。もしも、悪人どもに若君が女人と悟られたら、御家の存亡にかかわります。この大輔めの命がご所望ならば、悪人どもを退治し終えた暁《あかつき》に必ず差し上げますゆえ、今はご辛抱ください」

「黙れ、黙れっ」

藤丸は喚《わめ》いた。幼児のように、両足をばたつかせる。

秘部を飾る恥毛は淡い。正面からでも花園の形状を、はっきりと見ることができた。

「逃げ口上《こうじょう》は許さぬ、今すぐ腹を切れっ」

「もしも、仰せのようにわたくしめが切腹したら、一体、誰が刺客から若君をお守りするのですか」

「うるさい、貴様のような警護役など不要じゃっ」

網で引き上げられた猛魚のように、じたばたと藻掻《もが》きながら藤丸は叫んだ。

「御家の存亡など知らぬっ、取り潰しになろうがどうしようが、この藤丸の知ったことではないわっ」

三

「若君！」

厳しい表情になった大輔は、抵抗する全裸の男装姫を軽々とあしらい、自分の膝の上に俯《うつぶ》せにした。

武芸で鍛えた少年のように引き締まった裸身だが、臀《しり》の丸みが娘らしさを証明しているかのようだ。小さな胸のふくらみは、大輔の固い太腿《ふともも》に圧迫されて平たくなる。

大輔は、くりくりと蠢《うごめ》く藤丸の臀の双丘《そうきゅう》を、ぱしっと右の掌《てのひら》で打つ。真っ白な臀に、赤い大きな手形が残った。

「きゃっ」

藤丸は悲鳴を上げた。さらにもう一度、大輔は若君の臀を引っぱたいた。ぴしゃっ、と小気味の良い音がする。

「貴様、主君の子に向かって何ということを……」

「お黙りなさい。若君の臀を打擲《ちょうちゃく》するのは、この南条大輔の手にあらず、藩祖斉政《なりまさ》侯の手にございますぞっ」

三度目の打撃が、藤丸の臀肉を震わせる。半球型の丘は、右も左も真っ赤になった。

「ううう……痛いではないか」

藤丸は涙声になってしまう。

「男であれ女であれ、仮にも武家に生まれた者が、御家《おいえ》の存亡など知らぬとは何たるお言葉っ」

大輔は叱りつけた。

「太平の世にあっては、御家の存続、主家の存続こそが武士の最大の責務にございますぞ。御家老も浅路殿も、御家の大事と若君の御無事、それればかりを願って、日夜、心魂を傾けておられる。しかるに若君は今、何と仰せられました。取り潰しになろうが知ったことではない――とは。それでも、貴方様《あなた》は武士の子ですか」

「……………」

藤丸は黙りこんだ。

「家臣どもの制止も聞かずに、貴方様は月影で駆け出しましたなあ……」

大輔は、声を落として、

「それをお止めするために、わたくしは伊吹で後を追いました。その時、わたくしは馬の耳に、こう申したのです。今こそ、若君のために忠心を見せて月影に追いつけ――と。わたくしの言葉がわかったものか、伊吹は精一杯に駆けて、月影に追いついてくれました。しかし……しかし、わたくしは、斗狩衆の魔手から若君をお救いするために……伊吹を踏み台にして、月影に飛び移ったのです」

少しの間、大輔は唇を噛んで、自分の激情を押さえた。

「わたくしに蹴られたために……伊吹は倒れました。全力で走っている最中に、あんな不自然な形で馬が転倒すれば、足どころか、首の骨も折れたかも知れません。まことに可哀相なことをいたしました。そして、貴方様が戯《たわむ》れに乗った月影もまた、崖から落ちて命を落としたのです」

「…………」

「馬でさえ、畜生ですら、御家のために忠心を見せて身命を捧げているというのに……肝心要《かなめ》の貴方様が武士の途《みち》を外れた暴言……大輔めは、ただ、ただ、残念です」

ぽたり、と藤丸の背中に落ちたのは、大粒の涙であった。鬼をもひしゃぐような巨漢の南条大輔が、悔し泣きをしているのだ。

背中を濡らす本物の漢の熱い涙の感触に、藤丸もまた、めそめそと泣き出す。

「わしは……わしは…羞かしかったのじゃ」

か細い声で途切れ途切れに、男装姫は言った。

「乳母《めのと》の浅路以外には、医者の良庵にすら見せなかった肌を……そなたのような若い男に見られて……だから……許せ、大輔。もう、臀を打ってはいやだ。堪忍して」

「若君……」

大輔は、はっと胸を突かれた。自分が命賭けで護らねばならない相手は、大名の姫君といっても、まだ十八歳の乙女である。

この男装姫は、乳母の浅路のみを頼りにして、物心ついた頃から今日まで一時たりとも気の抜けない仮面の生活を送ってきた娘なのだ。

しかも、並の男児以上に武芸の道にも励んできた。男児ならば十の努力で出来ることも、藤丸は人知れず二十も三十も努力して、ようやく成し遂げていたのに違いない。

その肉体的な苦労もさることながら、精神的な苦労の総量は、想像を絶するものであろう。

まして、いくら事情を知っている味方とはいえ、初対面の男性に衣類を脱がされて全裸を見られるとは、たとえ町家の娘であっても耐え難い恥辱である。それが大名家の姫とあれば、なおさらだ。

その乙女の驚き、戸惑い、羞恥、怒りに対して、杓子定規《しやくしじようぎ》な理屈で説得しようとした自分は、何と傲慢不遜《ごうがんふそん》であったことか……。

大輔は藤丸の軀《からだ》を起こすと、その場に座らせた。そして自分は、さっと土間に飛び降りて、

「お許しください、若君っ」

土下座して、額を土にこすりつける。

「この大輔、未熟者にて、女人《にょにん》の心情を斟酌《しんしゃく》することは至って不得手《ふえて》。御家の大事、若君の御無事を願うあまり、家臣としての気配りに欠けておりました」

「……」

「先ほども申し上げた通り、悪人成敗が終わりました後には、若君の手でたとえ膾《なます》に刻まれようともお恨みいたしませぬゆえ……今は、平《ひら》にご容赦を」

まだ涙目の藤丸は、少しの間、平伏している大輔を見つめていたが、やがて、その口元に僅かに笑みが浮かんだ。重い荷物を下ろした旅人のように、ほっとした表情になる。

「……許す」

藤丸は、自分でも意外なほど穏やかな声音《こわね》で言った。

「一つだけ、そなたが、わしの願いを聞いてくれたらな」

「今の大輔めにできますことならば、何なりと仰せつけくださいまし」

「うむ、できることだ。そなたの…」

藤丸は、ちょっと言い澱《よど》んでから、

「そなたの肌を見せてくれ」

「……はァ?」

大輔は、きょとんとした顔を上げる。

「ご覧の通り、わたくしめは、すでに裸体にございますが」

「いや……まだ、身につけているものがあるではないか」

怒りとは別の感情で頬を赤く染めて、藤丸は言った。

「はて、それは……あっ」

ようやく、大輔は若君の願いの意味を理解した。下帯《したおび》をとって、全裸になれというのである。全く予想外の要求であった。

「しかし……うら若き若君には、お目汚しになりますれば……」

「南条大輔、そなたは武士ではないのか」

「えっ」

「たった今、できることなら何でもすると申したではないか。あれは嘘か。武士に二言《にごん》があるのか」

凛《りん》とした口調で舌鋒《ぜっぽう》鋭く藤丸に責められると、先ほど偉そうに武士の責務を説いた以上、大輔としては言い返す言葉がない。

「わしはな、大輔」

藤丸は目を伏せて、

「乳母しか、そばに寄せぬ。だから……今まで男の軀というものを見たことがないのだ」

決して淫心《みだらごころ》から言うのではないという、藤丸の弁明である。十八歳の乙女が異性の肉体の構造に興味を持つのは、当然であろう。

これが町家の娘であれば、子供同士の水遊びや男女混浴の湯屋などで幾らでも男のものを見ることができる。だが、男装姫には、その機会が今まで皆無だったのだ。

「なるほど……わかりました」

大輔は覚悟した。武士に二言はないし、ようやく自分に打ち解けてくれた若君の、たっての願いなのである。

「御免――」

立ち上がった大輔は、後ろ向きになって、するすると下帯を外す。

それを畳んで土間に置くと、深呼吸してから、ゆっくりと若君の方へ向き直った。前を隠さず、仁王立ちの姿勢になる。

「若君、とくとご覧《ろう》じろう。これが男子の軀にございます」

「う、うむ……」

やや怯《ひる》んだような表情で、しかし、まじまじと男の中心部を見つめる藤丸であった。

四

奇妙な光景である。

薪《たきぎ》小屋の中で、雄牛のように逞《たくま》しい全裸の家臣の股間を、これまた全裸の美しい処女姫が凝視しているのだった。

藤丸の裸体が視界に入らぬように、大輔は顔を上げて、埃だらけの天井裏や煙抜きの突き上げ窓などを眺めている。だが、己《おの》れの生殖器に注がれている視線は、はっきりと皮膚で感じていた。

「それが……御破勢《おはせ》か」

破勢——男根をさす古語である。〈破前〉とも表記する。前《さき》にも述べた通り、俗称は魔羅という。

「御意《ぎょい》」

「たいそう、巨《おお》きいな」

「はァ……」

よく水練の時に同輩たちに感心されたり羨ましがられたりしたのだが、平常時であっても大輔のそれは普通の男性の興奮時と同じくらいの寸法なのだ。だからといって、巨根だと自分で肯定するのも面映《おもは》ゆい。

「その、御破勢の下に垂れさがっている巾着袋のようなものは」

乳母《めのと》の浅路の性教育による男装姫の藤丸の知識は、かなり偏っているようであった。

「ふぐりにございます。この中に、一対の睾丸が納まっており、それが子種の素《もと》になるといわれております」

ふぐりは陰嚢《いんのう》の俗称で、当て字であろうが〈布久里〉と表記する。

「男は、そのようなものを下帯で締めつけて、痛くないのか」

「至って柔らかいので、問題ありませぬ」

勃起すれば話は別だが、そのようなことまで藤丸に教える必要はないだろう。

「ふうん、そんなに柔らかいものか」

そう言いながら、藤丸は土間へ降りた。大輔の前にかがみこんで、だらりと下を向いた肉根に大胆にも触れてみる。

「本当だ。豆腐よりも、耳朶《じだ》よりも柔らかいな」

それから、玉袋にも触れてみて、

「うむ、意外と重いな。たしかに中に一対の珠《たま》がある。不思議な造りだ」

「わ、若君……もう、お気が済みましたでしょう」

ちらりと入口の方を見て、大輔は言った。

「いや、まだだ。そなたも、とくと見よと申したではないか。わしは、もう少し観察したい」

もう少し――と言われても、そう言う処女姫の暖かな吐息が、直接、大輔の男根にかかるのだから、たまったものではない。血気盛んな若者には、まるで拷問である。

大輔は必死で無念無想になろうと務めていたが、びくんっ、と男根が頭をもたげてしまう。

「わっ」

仰天して、藤丸は思わず臀餅《しりもち》をついてしまった。

「あ、これはご無礼を」

下を向いた大輔は、両手で半勃起状態の愚息《ぐそく》を覆った。

が、その視線の先に、臀餅をついて両膝を開いた男装姫の秘部が見えている。美しい女華であった。桜色の肉唇が少しだけ開いて、真珠のような艶《つや》を帯びた内部の粘膜までもが、のぞいていた。

「うっ」

不肖の息子が、親の意志に反して、両手でも隠せないほど猛々《たけだけ》しくそそり立つ。黒光りしていた。

「凄い……生きている、御破勢は生きているのだなっ」

生まれて初めての男性の生殖反応を見た藤丸は、目を輝かせた。

「まあ、そのようなもので……」

「先ほどの倍以上にもなったぞ」

茎部の裏側を、怖々と指先で突ついて、

「硬い……しかも弾力がある……まるで粘土の塊のような……それに、ひどく熱い。つくづく不思議なものだなあ」

探求心に溢れた処女姫は、さらに男根の先端に顔を近づける。

「ははあ、先のほうに小孔がある。何だか鯉か鮒《ふな》の口のようだ。男は立ったままで、ここから小水を出すと聞くが真実《まこと》か」

「御意」

「わしは本当の男になるべく、湯殿で散々、練習したのだが、それだけはできなかった」

驚くべき事実を無邪気に打ち明ける、藤丸であった。

美しい処女姫が風呂場で立ったまま小水を排泄しようと努力している姿を想像すると、大輔の分身に、さらに血流が集まってしまう。

「では、大輔。小水を出して見せてくれ」

「お、お戯《たわむ》れを……」

全裸以上に、とんでもない要求である。大輔は、この場から逃げ出したくなった。

「用便は不浄の行いです。臣下たる者、若君の前で左様な行儀の悪いことはできません」

そもそも、女である藤丸にはわからないだろうが、天を突くほど勃起した状態で小水を排出するのは、かなり難しいのである。

「ふうむ……駄目なのか」

よほど男の立ったままの用足しが見たかったのか、ひどく残念がる藤丸であっ

た。それから、自分の股間と大輔の股間を何度も見比べて、

「わしは今日まで、男として暮らすために様々な努力をしてきたが……女と男は、こんなにも違う生きものであったのだなあ」

「自然の摂理にございます。男女は、成り餘《あま》れる処《ところ》を成り合はざる処へ刺し塞ぎて和合する——と古書にもありますゆえ」

「刺し塞ぐ……それは偽《いつわ》りであろう。たしかに、わしも乳母から、そのように教えられたが……どう見ても無理だ。こんな巨きなもので火戸《ほと》を刺し貫かれたら、女は死んでしまうではないか」

火戸とは、女性器をさす古語だ。

「いいえ、そこはそれ……男のものを迎え入れても、女人の軀は大丈夫なようになっておるのです。そうでなくては、初夜の床は花嫁の死体の山になってしまいましょう」

まだ二人しか女体を識《し》らない大輔だが、この件に関してだけは自信を持って答えることができる。

彼の巨砲に貫かれて、女忍の伽羅《きやら》も腰元の千紗《ちさ》も、死亡するどころか随喜の涙を流して悦《よ》がりまくっていたからだ。

「そなたの言うのも、もっともだが……」

仁王立ちの大輔の前に、藤丸は改めて跪《ひざまず》くと、両手で大輔の巨根に指をまわす。

「握り切れぬほど太い……わしの手首よりも太いな。黒く、硬く、太く、熱い……しかも脈動している。これが男か。男とは、こういうものなのか」

「あ……若君。指を動かしてはいけません」

大輔は腰を退いて、あわてて制止する。

「なぜだ」

「そのようになされますと、男は……精を吐出いたします」

「精とは子種のことか」

「御意」

「ここから赤子の種が出てくるのかっ」

途端に、藤丸の双眸《そうぼう》に好奇心の炎が、めらめらと燃え上がった。

「知っておるぞ。その子種が女人の体内に入ると、十月十日で赤ん坊が生まれるのだな。一体、どんな形だ。手足はあるのか、ちゃんと産着《うぶぎ》は着ておるのか」

「いえ、それは……」

「出してくれ、是非、見たい」

「子種と申しても、赤子の形をしているわけではございません。何と言いますか……米のとぎ汁を煮詰めたような……白っぽい糊《のり》のような……見て面白いものではありませんぞ」

土間の隅に積み上げた薪の方に、大輔は、ちらっと視線を向けた。

「大輔、そなたは、さっきからできぬとか駄目だとか、そればっかりだっ」

黒光りする巨根を握ったまま、藤丸は叱りつける。

「だが、わしも今度ばかりは承知せぬぞ。立ったまま用足しするのは不浄の行いでも、子造りは御家《おいえ》繁栄のための神聖なお務めであろう。さあ、子種とやらを、わしに見せるのじゃっ」

そう言って、藤丸は両手を荒っぽく動かした。その処女姫の不器用さゆえに、無技巧であるがゆえに、大輔の快美神経は弥《いや》が上《うえ》にも刺激される。

「むむ………うっ」

腰を突き出し、軀を弓なりに反らせるようにして、大輔はついに精を放った。白濁した大量の溶岩流は放物線を描いて、二間《にけん》以上先の板壁に勢いよくぶつかる。

その時、突然、

「っ⁉」

入口の戸を蹴破って、飛びこんできた者があった。

# 第四章　契《ちぎ》り

## 一

敵は、男が最も無防備になる射出の瞬間を狙ったのであろう。

が、南条大輔《だいすけ》の動きは迅速であった。

巨漢に似合わぬ素早さで、左腕で藤丸《ふじまる》を抱き上げると、体当たりするみたいに薪《たきぎ》の方へ跳ぶ。積み上げた薪に肩をぶつけて止まった時には、その右手に六尺の竹を握っていた。

侵入者は、海老茶色の忍び装束をまとっている。例の百姓に化けていた斗狩衆《とがりしゆう》であった。右手で忍び刀を逆手《さかて》に構えていた。

「むんっ」

大輔は、竹を斗狩衆のこめかみに向かって、横薙《な》ぎに叩きつける。が、左腕で男装姫を胸元に抱えているためか、攻撃に鋭さが欠けていた。敵の忍び刀で、たやすく弾きかえされてしまう。

「ちっ」

素早く手首を返した大輔は、今度は敵の顔面に向かって竹の先端を突き出す。

「馬鹿めっ」

苦しまぎれの最後の足掻《あが》きと侮った斗狩衆は、無造作に、その竹を斬り払った。が、それこそが大輔の待ち望んでいた行為であった。

竹の先端は、斜めに切断されている。その鋭い切口で、目にも止まらぬ速さで相手の喉元に突きを入れた。

「げっ……？」

勢い余って頸部を貫いた竹の先端は、そいつの盆《ぼん》の窪《くぼ》から一寸ほど飛び出した。

ぴゅっ、ぴゅっ、と鮮血が土間に飛ぶ。

その斗狩衆は、信じられないという表情のまま、土間へ倒れこんだ。

入口の蔭に殺気を感じた大輔は、敵が飛びこんできた時には、この立てかけられた竹を利用しようと計算していたのだった。

ほっと吐息を洩らした大輔は、そいつが落とした忍び刀に手を伸ばす。

その手をかすめて、

「っ！」

三方手裏剣が飛んできた。忍び刀を弾き飛ばして、土間に突き刺さる。

（二人目がいたのかっ）

大輔は、天井を見上げた。

太い梁《はり》の上に、やはり海老茶色の装束の男がいる。入口の蔭に隠れていた奴は囮《おとり》で、もう一人が気配を殺して屋根の上に潜み、換気用の天窓から侵入していたのだ。

そいつの右手から、何かが、ぱっと広がる。極細の投網《とあみ》であった。

「あっ」

「大輔っ」

命あるもののように、投網は全裸の主従に絡みつく。藻掻《もが》けば藻掻くほど、その極細の投網は、きつく軀《からだ》を締めつけるようであった。自由になるのは、大輔の右手だけだ。

「ははは、この渋畝《しぶね》様が、ついに南条大輔を捕らえたぞ。生娘《きむすめ》の髪を編みこんだ地獄網じゃ。もう逃げられまい」

梁の上の斗狩衆は、勝ち誇ったように嗤う。

「それにしても、白馬藩《はくば》の若君が、実は男装の姫君だったとはな。まあ、良い。仲間の仇討ちじゃ。男だろうが女だろうが、南条大輔ともども嬲《なぶ》り殺しにしてくれるわ」

そう言うと、渋畝は投網の手綱《たづな》を握って、板の間に飛び降りた。

そのため、大輔と藤丸の軀は、ずるずると引っぱられて、ちょうど囲炉裏の上に逆さに宙吊りになる。大輔は、斗狩衆に背中を見せている格好だ。

手綱を柱に巻きつけて固定した渋畝は、投網に近づいて、

「さて、どうするかな。唐土《もろこし》には、網で吊した囚人の肉を編み目ごとに少しずつ削ぎ落としていくという処刑法があるそうじゃ。裸なのを幸いに、それを試してみるか。苦痛と恐怖のあまり、最後には狂死するそうだぞ」

「殺すなら、俺を先に殺せっ」

大輔が必死の声で叫ぶ。

「おう、おう。忠臣の鑑《かがみ》じゃ、主人想いのことよのう。そう言われると、若君姫の方から痛めつけたくなるのが、人情というもの」

そう言って、渋畝は、大輔の右肩を押した。くるっと投網が半回転して、藤丸

の背中がこちらを向く――その瞬間、渋畝の眉間に何かが突き刺さった。

「ぐっ……っ？」

火箸《ひばし》であった。

宙吊りになる時、大輔は唯一自由になる右手で、囲炉裏の火箸を摑んで隠し持った。そして、投網が半転した勢いに乗じ、手首の返しを利かせて、火箸を手裏剣に打ったのだった。

「う、うぅ……」

渋畝は忍び刀を抜こうとしたが、その右手が柄《つか》にかかる前に、ゆっくりと仰向けに倒れる。眉間を貫いた火箸が、その奥の脳までも破壊していたのだ。

「若君、今しばらくのご辛抱を」

「どうするのだ、大輔。この投網から逃れる術《すべ》はあるまい。此奴《こやつ》らの仲間が来たら……」

逆さ吊りの苦しい態勢で、藤丸は怯《おび》えていた。

「ご安心ください。逃れる方法はあります」

「どうするのだ」

「これで」

大輔は、かっと口を開いた。馬のように頑丈そうな、白い歯並びを見せて、

「この歯で、投網を嚙み千切るのです――」

二

「どういうことだ、幻夜斎《げんやさい》っ」

奥用人・仙波《せんば》頼母《たのも》は、怒気も露《あら》わに詰問した。

よく肥えた四十代半ばの男で、一見、好人物のような穏やかな容貌である。しかし、眼の端に悪人特有の卑《いや》しさがあった。

「藤丸君《ぎみ》は、あの南条大輔ともども無事に城へ戻られたというではないか。二度も三度も襲撃して、大輔も始末できず、若君に重傷を負わせるどころか一筋の傷すらつけることもできぬとは。雇われ刺客としての誇りは、ないのかっ」

そこは、武家屋敷街の外れにある荒れ果てた空き屋敷で、庭の草木も伸び放題、鳥獣の住処《すみか》となっているところだ。

その庭の奥の遊歩道に立つ頼母が話しかけている相手は、頭の一部が欠けた地蔵である。しかし、頼母が乱心しているわけではない。

『――まことに面目もございませぬ』

地蔵が口をきいた――いや、口をきいたように見えた。

『三度の襲撃で、我ら斗狩衆の四忍が倒され、一忍が手傷を負いました。さらに、国家老の屋敷に潜入していたわたくしめも、正体を見破られて撤退せざるを得ませんでした。御用人様のお怒り、ごもっともでござる』

地蔵の背後にある昼なお薄暗い雑木林、そこに潜む者が声を飛ばして、あたかも地蔵が喋っているように見せかけているのだった。

その腹話術の主は、斗狩衆の首領・斗狩幻夜斎である。

頼母の従者たちは、空き屋敷の表門の内に待たせてある。

自分が願掛けをしている庭の奥の社に参るので、何があっても近づくな――と頼母は彼らに言い渡してあった。

『あの南条大輔なる者、国家老が数ある家臣の中から警護役として抜擢しただけあって、なかなかの腕前で』

「敵を誉めてどうするのだ」

『いえ、大輔めの実力を侮《あなど》っていたのが、我らの失敗。次こそ、必ずや彼奴《きやつ》の息の根を止めて、若君を再起不能にしてくれましょうぞ』

「幻夜斎……城中でやるつもりか」

肥満体の頼母は、首の肉の中に顎を埋めるようにして、少し考えこむ。

『いけませぬか』

「わしは、若君ご生還の報を受けて、登城するところじゃ。無論、お嘉世《かよ》の方様《かた》にもお会いして善後策を協議せねばならぬ。その御方様も居られる城の中で、若君の身に間違いが起こるのは、いささか具合が悪い」

『では、大輔だけならば』

「うむ、そうだな。大輔だけなら八つ裂きにしても構わぬ。それで怖気《おじけ》づいた若君が、自分から世継の座を辞退してくれれば、こちらの思う壺じゃ」

『では、そのように』

「今度の刺客、腕は確かであろうな」

『血戯《ちざ》隷《れ》と申す。腕は――』

幻夜斎がそう言った時、頼母の背後の灌木《かんぼく》の中から、鴉《からす》が一羽、ばさっと飛び立った。

はっと振り向いた頼母の眼が、鴉を視界にとらえるや否や、その鴉の頭部が消失した。

銃声も何もしないのに、まるで弾丸が命中したかのように破裂して四散したのである。

さらに、残った胴体の真ん中が弾けた。二つに分離した肉塊が、血と肉と羽根を降りまきながら灌木の中に落ちる。

「おお……奇怪な。さながら、鉄砲で撃たれたかのような死に様《ざま》じゃ」

信じられぬという風に、仙波頼母は瞠目《どうもく》した。

『ふふふ。血戯隷めが遣う斗狩忍法、音もなく姿もなく敵を倒すという鬼神の術にござるよ』

斗狩幻夜斎は自慢げに言う。

『南条大輔めの命、もはや風前の灯火《ともしび》にございますぞ――』

三

湯殿の中には、湯気が春霞のように白く漂っている。

藤丸は、ざあーっと湯船から勢いよく立ち上がった。手足の長い、すらりとした中性的な裸身は湯気の中にあって、神仙峡の住人のような幻想的な存在に見える。

「大輔、わしの背中を流すのだ」

「はい、若君」

下帯一本の半裸の南条大輔が、簀《す》の子に片膝をついて頭を下げる。

藤丸の裸身と比較すると、圧倒的な質量の巨体であった。その上腕部は、若君の腿《もも》よりも太いのである。

十八歳の処女姫は前も隠さずに湯船を跨ぐと、大輔に背中を向けて、胡座《あぐら》をかいた。

この白馬城内の広い湯殿の中にいるのは、藤丸と大輔の二人だけであった。

地獄網を嚙み破って脱出した大輔と藤丸は、まだ乾ききっていない衣類を着こむと、薪《たきぎ》小屋を出た。そして、庄屋の屋敷を探しているうちに、運良く、城からの捜索隊と遭遇したのである。

二人は捜索隊とともに城へ戻り、国家老の島沢忠広《しまざわただひろ》と乳母《めのと》の浅路《あさじ》に一部始終を――無論、大輔が全裸になった件だけは伏せて――報告した。

それから藤丸は風呂に入ることになったのだが、この男装姫は、大輔に一緒に入るようにと命じたのである。

ほんの少し躊躇《ちゅうちょ》しただけで、その命に従った大輔だった……。

「乳母様は、何事か気づいておられたようですな」

藤丸の白い背中を手拭いで柔らかくこすりながら、大輔は呟《つぶや》くように言う。

本当は女である藤丸が男である大輔と風呂に入ることを、浅路は止めようとしなかった——そのことを大輔は指摘したのである。

「うむ。乳母は赤子の時から、わしの世話をしているからな。わしが何を思っているか、見当がつくのだろう」

「若君は何を思っておられるので」

「そうだな。たとえば……男は女人《にょにん》の胸乳《むなぢ》の大きさや形にひどく興味があると聞くが、大輔はどのような胸乳を好むのか」

かなり明け透けな藤丸の問いに、

「はあ……わたくしめは、若君のような乳房を好みまする」

融通の利かない無骨者のくせに、さらに大胆な解答を口にする大輔であった。

藤丸は、予想外の返答に戸惑ったように、

「せ、世辞は申すな。男は皆、大きな胸乳を好むと聞くぞ」

「いいえ。この大輔、嘘偽《うそいつわ》りは申しませぬ。若君の乳房は形良く、乳輪も薄紅で染めたように美しく、まことに素晴らしい胸乳にございます」

大輔は、何のためらいもなく言い切る。

「そうか……」

湯の熱気のせいだけではなく、藤丸は赤くなって、

「し、しかし、仮にも武士たる者が、見た目だけで判断してはいかんぞ。何事も実際に触れてみなければ、わからぬではないか」

「触れても、よろしゅうございますか」

「うむ……許す」

藤丸の声は、少し掠《かす》れていた。

「では、ご無礼ながら」

大輔は、脇の下から両手を入れて、背後から男装姫の乳房に触れる。掌《てのひら》で包みこむようにして、やさしく揉みながら、

「大きさも形も、そして手触りも、まことに海内《かいだい》無双の乳房にございますぞ、若君」

男にとって、女はこの世に母者ひとりいれば十分――昨日、道場仲間の前で言い切った男が、何という変わり様であろうか。

城へ帰り着いた大輔と藤丸は、城から飛び出した時の二人とは、すでに別の人間になっていたのである。

藤丸は、自分を護るために命賭けで闘う大輔の男らしさと強さと、そして何よりも優しさに、頑《かたく》なだった魂を蕩《とろ》かされた。

大輔もまた、高慢で我儘《わがまま》だと思っていた男装姫の、生まれながらに世間を欺《あざむ》く重圧にじっと耐えてきた乙女の健気《けなげ》さに、いじらしさに、心を奪われたのである。

さらに、薪小屋での大胆すぎる行為が主従関係の分厚い壁に孔を穿《うが》ち、死の淵から二度までも逃れたことで、今は、壁を突き抜けた恋愛関係にまで陥ってしまったのだ。

「ああ……」

藤丸は、目を閉じて喘《あえ》ぐ。

「そなたが誉めてくれて、藤丸は、とても嬉しい。何だか、体中から力が抜けてしまったようじゃ」

生まれて初めて、惚れた男に自分の乳房を愛撫されて、男装姫は甘ったるい声で言う。

そして、背後の大輔に、もたれかかった。

「若君……」

片膝立ちの大輔は、藤丸の軀《からだ》を広い胸の中に抱きこむと、その首を斜め上へ向けさせて、唇を重ねる。藤丸は人形のように、彼のなすがままであった。

男装姫の藤丸には当然、これが初めての接吻だが、実は、大輔も同じであった。

昨日、斗狩衆の女忍・三弦《さんげん》の伽羅《きゃら》に強引に犯されて童貞を奪われ、その夜には、敵の術にかかった腰元の千紗《ちさ》を貫いて正気に戻してやったが、このどちらの女とも接吻はしていないのである。

大輔は胡座をかくと、接吻をしたまま藤丸の軀を膝の上に乗せて、軽々と横座りさせた。

そして、以前に道場仲間に無理に聞かされた話を思い出し、舌先で若君の唇を割って、その口の中へと差し入れた。その時は、男女の閨事《ねやごと》に関する猥談《わいだん》など耳の穢《けが》れ——と怒った大輔であったが、今となっては、聞いておいて良かったと思う。

「ん……」

目を閉じたまま、藤丸も夢中で舌を絡めてくる。そのような技巧を知っていたわけではない。ただ情熱の迸《ほとばし》るままに、好きになった男の行為に応じたのであろう。

二人の舌は、男装姫の口の中で夫婦蝶のように絡み合う。流れこむ異性の唾液《だえき》を、藤丸は嬉しそうに飲みこんだ。

その濃厚な接吻の間にも、大輔の右手は、まろやかな乳房を愛撫している。二つの乳頭が、固く尖っていた。

「――若君」

大輔は唇を離して、

「わたくしは、若君を自分のものにしますぞ。よいですな」

荒々しい求愛の言葉であった。

「うん」

藤丸は童女のように、こくりと頷く。

「わしは大輔のお嫁になりたい。お願い、今すぐ藤丸を大輔のお嫁にして」

火のように熱く蜜のように甘く激情に濡れた声で、男装姫は、そう言った。

「藤丸様」

今から一つになる相手を、男性を意味する〈若君〉と呼ぶのはおかしいような気がして、大輔は、そのように呼んだ。

そして、もう一度、濃厚な接吻をしてから、白く細い喉首に唇を這わせる。背中を丸めて、浅い碗を伏せたような乳房を舐め、吸った。

それから、簀の子の上に、全裸の藤丸を仰向けに横たえる。藤丸は両手で顔を覆った。

未知の行為への怖れのためか、男装姫は震えている。女は初交に苦痛を伴うことを、知っているのかもしれない。

大輔の唇の愛撫は、なめらかに引き締まった下腹を経て、処女の花園に近づく。花裂の切れこみは深く、それを飾る春草は薄かった。花裂からは、桜色の花弁が羞かしそうに少しだけ頭を覗かせている。

その一対の花弁は、左右とも同じ大きさで捩《ねじ》れもなく、合掌したように、ぴたりと合わさっていた。

大輔が花園に唇を当てると、

「そ、そこは不浄の場所であろう……」

羞かしそうに身を捩《よじ》る男装姫だ。

「湯で浄めてあります。それに、藤丸様の軀には不浄の場所などございません」

そう言って、人差し指と中指で花唇を開き、その内部を舌先で撫でる。

「あ……あァァんっ」

可愛らしい声で哭く、男装姫だ。

積極的に女体《にょたい》を愛撫するのは、まして男識《し》らずの生娘を愛撫するのは、これが初めての大輔だが、丁寧に時間をかけて姫の性感を掘り起こしてゆく。

大輔の愛撫が巧みな理由の一つは、国家老にも述べた通り、剣術の駆け引きと女体への接し方には相手の呼吸を読むという共通点があるからだ。

もう一つは、藤丸を愛《いと》しいと思う心である。その愛情が、女体に無理なことや痛みを与えるようなことをしないという穏やかな行為の源泉になっているのだ。

やがて、藤丸の花園は充血して、女芯が膨れ上がり、熱い透明な蜜が無尽蔵に湧き出す。

その愛汁を啜《すす》った大輔は、下帯《したおび》を外した。すでに、雄根は凄まじいほど怒張している。

藤丸の上に覆いかぶさると、剛根の先端を花裂にあてがい、一気に貫いた。

「………ァァっ！」

女の生涯でただ一度の激痛に、背中を弓なりに反らせて男装姫が声にならぬ叫びを上げた時、大輔の巨砲は、その根本までも甘い果肉の中に没していた。

純潔の肉扉を貫通したのだ。

そこで大輔は腰を停止させて、しっかりと抱き合う。破華の疼痛《とうつう》を必死に堪えている藤丸の瞼《まぶた》に、大輔は接吻した。その端に浮かんでいる涙の粒を、やさしく吸ってやる。

「藤丸様、もう一番痛いことは終わりましたぞ」

男装姫は静かに目を開いて、

「大輔……藤丸は、もうお嫁になったのか」

「はい。藤丸様は大輔のお嫁です」

「そうか、大輔は藤丸の旦那様なのだな」

苦痛からではなく、嬉しさのあまり、藤丸は落涙する。

「旦那様、これは命令じゃ。決して、藤丸を捨ててはならぬぞ」

「捨てるものですか。七度生まれ変わっても、藤丸様は髪の毛一筋まで大輔のものです」

「うん。七度も七十度も生まれ変わろうとも、藤丸の旦那様は大輔ひとりじゃ」

一《ひと》しきり、互いの唇を貪《むさぼ》ってから、大輔は律動を開始した。

藤丸の肉体を損なわないように気をつけながら、次第に、大胆な動きに移行してゆく。男装の姫君の女壺は、素晴らしい味わいだった。

藤丸もまた、初めての行為でありながら、大輔の技巧によって、どうしようもなく燃え上がる。

「いや、もっと……ああ、いやと言うに」

「駄目、そんなに……深いの……」

「ひぃっ……溶ける……」

汗まみれで、そんなあられもない悦声《よがりごえ》を発する男装姫であった。

ついに、最後の刻《とき》が訪れた。

藤丸の快楽曲線が急激に描いて上昇するのと、大輔が激情を開放するのが、ほぼ同時であった。

放つ。

驚くほど大量の熱い聖液が放出された。終わらないのではないかと思うほど、長く長く放出が続く。

絶頂に達した男装姫は、きゅっ、きゅっ、きゅきゅっ……と花洞を細かく痙攣させて、意識を失ってしまう。

大輔は、伽羅の時とも千紗の時とも全く違う、途方もなく深い快感と充足感を覚えた。

この交わりが、本当の愛情に基づく行為だったからに違いない。

しかし、充足感とともに、大輔は山を背負ったような重い責任をも、同時に自覚している。

家臣でありながら、主君の姫を我がものにする――この禁断の恋を無事に成就させることは、白刃の上を素足で歩くよりも困難であろう。

そう思うと、藤丸への愛しさがさらにこみ上げてきて、大輔は、その唇を吸った。

意識のないまま、藤丸は舌を絡めて男の深い愛情に応える……。

四

白馬城の天守閣を、夕陽が赤く染めていた。

奥御殿の若君の寝間、その前の廊下に南条大輔は座して、紅の天守閣を眺めている。簾障子《すだれしようじ》の向こうの夜具の中で、藤丸は安らかな寝息を立てていた。

つい四半刻《しはんとき》ほど前まで、男装姫は大輔が添寝をしなければ眠らぬと駄々をこねていたのである。が、大輔が「良いお嫁は、旦那様の言うことを素直に聞くものですぞ」と諭《さと》すと、不承不承、一人で夜具に横たわったのだった。

しかし、枕に頭を乗せると十と数えぬ間に眠りに落ちたのだから、やはり藤丸も、軀《からだ》の芯から疲れ切っていたのだろう。

月影での早駆けから始まって、斗狩衆の襲撃、崖から落ちて九死に一生を得た後に再び刺客の襲撃、そして、城の湯殿での神聖な初体験……波瀾万丈の一日であった。

湯殿で失神から覚めた藤丸は、「もう一度……」とせがんだ。胡座《あぐら》をかいた大輔の膝の上に跨り、対面座位で抱かれたのである。まだ、局部に痛みはあったが、二度目の絶頂による陶酔は、最初のものよりも深かったようだ。

無論、廊下で見張っている大輔も綿のように重い疲労を感じてはいたが、ここで気を抜くわけにはいかない。

(俺が倒したのは……四人か……)

藤丸と結ばれた事も重要だが、もう一つ、彼の心を占めている感慨は、これであった。

若君の命を護るため、大輔は、山道で二人、薪《たきぎ》小屋で二人の斗狩衆を殺した。

相手は刺客であるし、武士として、藤丸の警護役として、当然の行為である。実際、国家老の島沢忠広にも大いに誉められた。

だが、大輔の心は重いのである。

（剣の道の究極は、相手を殺さずに済むほど強くなること——と尾崎先生は言われた。そのような兵法者《ひょうほうしゃ》になるために、俺は修業してきた。そして、少しは強くなったつもりだったが……相手の命を奪わなければ自分の命が奪われる……まだ、その程度の腕前であったのだなあ）

吐息を洩らした大輔であったが、すぐに、頭を振って、

（いや、心を乱してはならぬ。藤丸君《ぎみ》を護り抜くためには、不動心だ。剣尖《けんせん》に迷いがあっては、警護役は務まらぬぞ、大輔！）

自分で自分に気合を入れる。

さわさわと庭の方から吹いて来る夕方の微風が、頬を撫でて心地良かった。

「——む？」

大輔は、天守閣から正面の庭の繁みに視線を移した。薄暗い繁みの中で、かさっ……とかすかに音がしたのである。

眉を引き締めた大輔は、軀の右側に置いた大刀を右手で掴み上げると、左手に

持ち替える。そして、片膝立ちになった。

もう一度、繁みの中で音がした。さっきの音よりも少し奥の方で、だ。

ちらっと肩越しに振り向いて、簾障子の向こうの藤丸の寝姿に目をやってから、

「………」

大輔は足袋《たび》跣足《はだし》のまま、左手に大刀を鞘《さや》ごと下げて庭へ降りる。

音のした灌木《かんぼく》の繁みに近づいたが、人の気配は感じられない。その繁みの左側へ、回りこむ。

何が飛び出してもいいように、右手は大刀の柄《つか》にかかっていた。敵の位置を自分の右側にしておけば、いつでも抜き打ちで斬って捨てることができるのだ。

かさり……と、またも音がした。緊張した表情で、大輔は、繁みの切れ目から音のした辺りを覗きこむ。

蛇だった。本物ではなく、夜店で売っているような小さな竹細工の蛇の玩具だ。

その頭部と尻尾の先から伸びた黒糸に、一匹ずつ大きな兜虫が結びつけられている。

この兜虫たちが勝手な方向に動くたびに、竹細工の蛇が地面や灌木の葉に触れて、不規則な音を立てていたというわけだ。

しかし、城内に、玩具を持った子供が遊びに入ることなどありえない。では、どうして、こんな物が奥御殿近くの繁みの中にあったのか。

不吉なものを感じた大輔が、さっと身を沈めた瞬間、その頭上を音もなく、何かが飛び去った。奥の地面から、ぱっと土煙が立つ。

「ちっ！」

大輔は、素早く二間《にけん》ほど斜めに跳んで、椽《くぬぎ》の木の背後に隠れる。その幹に、びしっと鋭い音を立てて何かが減りこんだ。

大輔は見た、奥御殿の屋根の上に腹這いになっている人影を、海老茶色の忍び装束をまとった斗狩衆であった。

そいつは、鉄砲のようなものを両手で構えて、その先端を大輔の方へ向けている。繁みの中の竹細工の蛇は、大輔を狙撃しやすい場所まで誘き出すための囮《おとり》だったのだ。

しかし、その鉄砲に火縄の火は見えなかった。それに、発射音もなく、二発続けて撃ったのだから、少なくとも火薬を使用する火縄銃ではありえない。

が、その武器の正体を考えている余裕は、なかった。椽の幹を盾とした大輔は、大刀の鞘から小柄《こづか》を抜く。

そして、幹の左側へ顔を突き出した。誘いである。屋根の上の斗狩衆が無音の弾丸を発射する直前に、さっと幹の右側へと転じた。小柄を手裏剣に打つ。

「げっ……」

右の眼球を小柄で貫かれた斗狩衆は、武器を取り落とした。屋根の傾斜を滑り落ちた武器は、地面へと落下する。

小柄を引き抜いた斗狩衆は、身を翻《ひるがえ》して逃走した。

「曲者《くせもの》だっ、方々《かたがた》、お出合いめされい！」

大音声で叫んだ大輔は、表から駆けつけた武士たちに向かって、

「若君を頼むぞ、俺は曲者を追うっ」

そう言い捨てて、走り出す。

「大輔――っ！」

寝間から飛び出したらしい藤丸の呼び声が聞こえたが、大輔には返事をする余裕がなかった。血相を変えて、屋根の上を走る刺客を追う。

あの斗狩衆を捕らえて、仙波頼母が依頼人であることを白状させれば、藩内からお嘉世の方様の勢力を一掃できる。そうすれば、藤丸の身は安全になるのだ。

屋根の上を走りながら、斗狩衆が三方手裏剣を次々に打った。大輔もまた、走

りながら、その手裏剣を大刀の鞘で弾き落とす。

その隙に、斗狩衆は跳躍した。庭の林の中へ飛びこむ。

大輔も、林の中へ飛びこんだ。斗狩衆は、木から木へ野猿のように身軽に飛び移ってゆく。

片目を潰された者とは信じられないほどの、鮮やかな体術だ。脇差を手裏剣に打とうにも、木の幹や枝が邪魔になって、難しい。それに、生かしたまま捕らえたいのだ。

このままでは逃げられる――と判断した大輔は、走りながら大刀を腰に差す。右の袖から腕を抜いて、片肌脱ぎとなった。

そして、斗狩衆が次の大木に飛び移った瞬間、その幹を左右の掌《てのひら》で、どどんっ、と連続して突く。皮肉にも、相撲の世界でいうところの鉄砲――諸手突《もろてづ》きである。

猛牛が激突したかのような凄まじい突きに、樹皮が割れ跳び、大木が傾いて根の一部が浮き上がった。

「わっ」

その振動をまともに受けて、斗狩衆は姿勢を崩した。雷に打たれた山鳥のように、斜め下にある繁みに落ちる。

が、驚異的な回復力で、すぐに、そこから飛び出そうとした。そこへ、大輔の抜き打ちが襲う。

「がはっ」

峰打ちだが、左足の脛《すね》を強打されて、斗狩衆は顔面から地面に突っこんだ。脛の骨が折れている。さすがに、もう、跳躍することは不可能であろう。

しかし、この忍者の体力と気力は、真に驚嘆すべきものであった。

「ぬぉぉっ」

跳ね起きると、傷ついた四足獣のように、折られた右足を引きずって両手と左足で這い進む。

野生の猪にも負けないような速さで、灌木の繁みの下から別の繁みの下へと逃げるのだ。納刀した大輔は、灌木の繁みを飛び越えたが、すぐに相手を見失ってしまった。

「むむ……こっちか！」

灌木の枝と枝、葉と葉の擦れる音を頼りに、大輔は突き進んだ。

陽が沈みかけているので、竹細工の蛇を見つけた時よりも、周囲は暗くなってきている。完全に陽が沈んだら、奴を見つけ出すことは困難だろう。大輔は焦った。

林が開けて、茶室が見えた。茶室には灯《ひ》がともっている。

大輔が、その茶室の方へ行こうとすると、

「えいっ」

右の木の蔭から、気合とともに風を巻いて振り下ろされたのは、一尺四寸の薙刀《なぎなた》の刃《やいば》であった。

# 第五章　毒の華《はな》

## 一

「何をする！」

南条大輔《だいすけ》は軀《からだ》を開いて、その薙刀をかわした。

斬りかかったのは、矢絣《やがすり》模様の単衣《ひとえ》の袖を紅襷《べにたすき》でたくし上げた奥女中である。

額に白い鉢巻きをしているので、髷《まげ》は結《ゆ》わずに垂髪にしていた。

きつい顔立ちで、年齢は二十歳《はたち》過ぎと見えた。前にも述べたように、現代の年齢に換算すると二十代後半から三十くらいとなり、この時代では〈年増《としま》〉という区分に入れられてしまう。

「御女中、間違えてはいかん。拙者は南条大輔、本日より若君の警護役を務める者だ。曲者《くせもの》というのは、手負いの忍び者だぞっ」

まだ奥御殿に働く者と顔合わせをしていないので、自分を曲者と勘違いしたのだろう――と考えて大輔は早口で説明した。

その間にも、左手からも三人の奥女中が駆けつけて、

「佐和野《さわの》様、ご加勢いたしまするっ」

大輔を四方から取り囲む。皆、手にした薙刀を八双《はっそう》や中段に構えた。

「慮外者《りょがいもの》めっ」

佐和野と呼ばれた奥女中は、大輔に対する敵意を解かずに言った。

「男子の身で、百合姫《ゆりひめ》様のおわす茶室に近づく者は、誰であろうとも許さぬ」

「えっ、百合姫様が……」

百合姫とは、この白馬《はくば》城に住む側室のお嘉世《かよ》の方《かた》が産んだ娘で、大河内《おおこうち》和泉守の第二子、藤丸《ふじまる》の異腹の妹にあたる。この奥女中たちは、その百合姫のお付きの者なのだった。

「それは、ご無礼をいたしした。若君を狙った曲者を追っている最中ゆえ、百合姫様の居場所とは知らずに近づいてしまいました」

身分でいえば、嫡子の警護役である大輔の方が、妹姫付きの女中たちよりも数段、上である。しかし、こんな言い争いで手間取っている間に、肝心の斗狩衆《とがりしゅう》を

逃しては何にもならないから、大輔は下手に出て詫びることにした。

「決して害意をいだいてのことではありませぬ。ご容赦くだされ。これ、この通り」

大輔は、袴の膝に両手を当てて丁寧に頭を下げる。ところが、

「問答無用っ」

佐和野が、乱暴にも大上段から彼の太い首筋に薙刀を振り下ろしたではないか。

「無体《むたい》なっ」

振り下ろされた薙刀の蛭巻《ひるまき》を、大輔が右の逆手《さかて》で摑むと、

「むむ……っ」

佐和野は薙刀を取られまいと、柄《つか》を握った両手に力をこめて、体重をかけた。

すると、大輔は左手も薙刀の柄にかけて、

「それよっ」

何と、薙刀を、それを構えた人間ごと高々と差し上げて、垂直に立ててしまった。とんでもない剛力である。

「きゃあ！」

足が地面から離れた時点で、佐和野が即座に手を放せば、何でもなかったので

ある。

　だが、なまじ薙刀を取られまいと、柄を脇の下に抱えこんでいたために、その機会を失してしまったのだ。

　そして、逆さに薙刀の柄にしがみつくという無様な格好になったのである。単衣《ひとえ》と肌襦袢《はだじゅばん》の裾が花が開くようにめくれて、両足のふくらはぎまでが剝き出しになった。佐和野が必死で両膝を締めなかったら、もっと際《きわ》どいことになったはずだ。

　とにかく、武家奉公の女性としては、何とも屈辱的な姿といえよう。手を放したら、七尺ほどの高さより頭から地面に落ちることになるので、どんなにひどい格好でも薙刀にしがみついているしか方法がない。

「ああ、佐和野様っ」

「何という真似を……」

　大輔は、度肝を抜かれている奥女中たちに、

「頭を下げて詫びている武士の首を狙うとは、不届き千万《せんばん》。いかに女子《おなご》といえども許し難いが、拙者は無用な争いは好まぬ。そなたたちも、薙刀を捨てるのだ」

　そう命じた。三人は互いに顔を見合わせて、ためらっている。

「ええい、面倒！」

大輔は人間ごと薙刀を振るって、佐和野の軀《からだ》を、薙刀を中段に構えた奥女中の胸めがけて投げ出す。

「きゃっ」

「あ、あああっ」

佐和野を胸で受け止めた奥女中は、薙刀を放り出して、真後ろへ倒れた。それに驚いた左右の奥女中の薙刀を、大輔は抜き放った刀の峰で弾き上げる。

二振の薙刀は宙に踊って、数間《すうけん》離れた地面に落ちた。蛭巻から切断することもできたが、それは自制した大輔である。

薙刀を飛ばされた二人は、

「佐和野様っ」

「茜殿《あかね》っ」

と叫んで、倒れている二人に駆け寄った。

その時、遠くの方から、

「城外だ、曲者は城外に逃げたぞっ」

「追跡隊を出せっ」

藩士たちが叫び合っているのが、聞こえた。

「逃《のが》したか……」

落胆しつつ、大輔は納刀する。誰もそばにいなければ、罵声をあげたいような気分であった。

大輔は踵《きびす》を返して、若君の御座所の方へ戻ろうとする。その時、

「――待たれよ」

茶室の躙《にじ》り口から出てきた人物が、言った。

二

陽が落ちて、奥庭は薄暗くなっていた。

灯《ひ》のともっている茶室の躙り口から出てきたのは、袴姿の女人《にょにん》であった。
二十四、五歳か。女にしては長身で、骨太な体格だ。黒い単衣《ひとえ》に白襷《しろたすき》、それに白袴という姿。腰には、城中では原則として警護役にしか許されていない大刀を差していた。
そして、その頭には髪の毛が一本もない。剃髪《ていはつ》しているのだ。眉も落としてい

る。

美人といえる容貌だが、面長《おもなが》で鼻筋高く口は大きめで、いわゆる男顔であった。

「私は百合姫様付きの刀腰女《とうようめ》で、吹雪《ふぶき》という」

二間《にけん》ほどの距離にまで大輔に近づいて、その女は名乗った。奥女中たちが、ほっとした様子になる。大輔は頷いて、

「うむ。その名は、聞いておる」

刀腰女——別式《べつしき》女ともいう。

その誕生は江戸時代初期まで遡《さかのぼ》る。江戸城の大奥は、徳川宗家《そうけ》の血筋が絶えぬように将軍が子造りをする場所だが、女だけの世界であった。それゆえ、警備上の不安が残る。

だからといって、男性である旗本たちに警備をさせると、お手つき中臈《ちゅうろう》が妊娠した場合、当然、ある疑義が生じよう。

つまり、その子の父親が本当に将軍家なのか、それとも警護の武士との間にできた不義の子なのか、わからなくなってしまうのだ。

女だけでは不用心で、男を置くこともできない。この難問を見事に解決したのが、三代将軍家光の乳母《めのと》で初代大奥総取締役の春日局であった。

寛永年間――春日局は、小石川の下屋敷に武芸の素質のある下級武士や浪人の娘十数名を引き取り、そこで徹底的に鍛え上げた。

さらに、その中から選抜した三人の娘を、女用心棒として大奥に入れたのである。これが、刀を腰に帯びた女――刀腰女の始まりであった。

頭を剃髪にしたのは、尼僧と同じように女であることを俗世の幸せを捨てて武の道に生きるという決意を表し、同時に、誰が見ても一目で刀腰女とわかるように身分の証明としたのだ。

そして、これ以降、大名屋敷や旗本屋敷、また国許の城屋敷で、奥御殿に刀腰女を置くことが流行したのである。

白馬城の奥御殿にも、近隣の諸藩にも名の知れた腕利きの刀腰女がいた。それが、この一刀流を学んだという吹雪なのである。

「何か拙者に用かな。急ぎ、若君の下《もと》に戻らねばならぬ身なのだが」

「他でもない」

当然というような至極あっさりした口調で、吹雪は言った。

「私と立合って貰おう」

「馬鹿を申すな」

大輔は不審げに、

「何故《なにゆえ》に、同じ藩中の警護役同士が立合わねばならんのだ」

「お主は、百合姫様付きの女中に恥をかかせた。その所行は、同じ姫様付きの者として見過ごせぬ。よって私が、お主を成敗いたす」

鉄塊から削り出した仮面のように無表情に、吹雪は言う。目鼻立ちの整った容貌ゆえに、かえって威圧感があった。

「成敗だと」

その一方的な物言いに立腹した大輔は、

「許し難いのは、こちらの方だ。その女中たちさえ邪魔しなければ、若君を狙った曲者《くせもの》を捕らえられたかも知れぬのに」

「お主が土下座して謝罪するなら、百合姫様はお心の広い御方《おかた》ゆえ、許していただけると思うがのう」

大輔の主張が聞こえなかったように、吹雪は言った。

「土下座だと……」

そもそも、お嘉世の方は、白馬藩を牛耳《ぎゅうじ》ろうと企《たくら》んでいる大悪人だ。長子の藤丸を廃嫡に追いこみ、自分の産んだ百合姫に婿を迎えて次期藩主とするつもりなのである。

そのお嘉世の方と手を組んでいる逆臣が、奥用人の仙波《せんば》頼母《たのも》だ。そして、その頼母が雇った刺客が斗狩衆なのである。

その斗狩衆を追っている自分の邪魔をしておいて、さらに土下座せよとは何という言い草であろうか。

だが、大輔はこみ上げる怒りを、ぐっと抑えて、

「拙者は若君警護の役目の一環として、百合姫様のおわす茶室に近づいた。その謝罪は先ほど済ませたゆえ、これにて失礼する」

一歩後ろに退がると、軽く頭を下げてから、林の中へ入ろうとする。

「逃げるか、卑怯者っ」

一足飛びに間合を詰めた刀腰女の吹雪は、大輔の背に抜き打ちを浴びせかけた。さすがに評判の高い刀腰女だけあって、鋭い一撃だった。

甲高《かんだか》い金属音がして、吹雪は、ぱっと一間半ほど斜め後ろに跳ぶ。大輔が振り向きざまに抜いた大刀で、吹雪のそれを弾き上げたのである。

女を捨てたはずの刀腰女でも、さすがに、斬りかかってきた時には甘ったるい肌の匂いがしたな――と詰まらないことに大輔は気づきながら、

「城中において、背後から斬りかかるとは……そなた、乱心いたしたかっ」

強い口調で、叱りつけた。

「お主が斬り合いの最中に逃げ出そうとした――と、皆で口裏を合わせれば良いことさ。死人は口が利けぬからのう」

無表情だった吹雪の顔に、表情が浮かんだ。薄い唇の端を歪《ゆが》めて、嗤う。

「俺には、貴様らに付き合って死人になっておる暇などない」

正眼に構えて、大輔は言った。胸の中では、藤丸様を護って幸せにしようという苦労で精一杯の身なのだ……と呟《つぶや》く。

「ようやく念願が叶ったわ」

右八双となった吹雪の冷笑は、さらに邪悪なものになる。

「そなたは、家中でも名高い兵法者。一度、本当に強い男と真剣勝負をしてみたかったのだ。身は女でも、男よりも強くなれることを、私が証明してみせるっ」

女を捨てて武芸の道を選んだ時、この刀腰女は、人として大事な何かを捨ててしまったのかも知れない。

「先ほどの抜き打ちは、ほんの腕試し。今度は、本気でゆくぞ」

「愚かな……」

大輔の剣尖《けんせん》が、ぴたりと止まった。吹雪の喉元を狙って、全くぶれない。

それを見た吹雪の顔色が変わった。冷笑が消える。

（こ、これは……）

大輔の両肩からは、陽炎のように静かに闘気が立ち上っている。そして、その正眼の構えは、驚くほど無理のない自然なものであった。

そのくせ、不動の剣尖が、こちらの出方によって無限に変化する凄味を秘めている。

吹雪の額に、次第に冷たい汗が滲み出してきた。

（何ということだ、この私が気合負けするとは……）

多くの男たちを相手にしてきて、一度たりとも余裕を失ったことのない吹雪であったが、今は、心の臓が破裂しそうなほど動揺していた。

「……………」

無言で、大輔が一歩前に出た。

「ううっ」

思わず、吹雪は右脇構えになり、二、三歩、後退してしまう。が、その気弱な行動が、彼女の負けじ魂に火をつけた。

臍下丹田《せいかたんでん》に、ありったけの気力を集中させると、右脇構えから中段に転じて、

「ええぇい！」

吹雪は、猛烈な諸手突《もろてづ》きを放つ。相討ち覚悟の凄まじい突きであった。

三

だが、大輔は眉一つ動かさずに、刀腰女《とうようめ》の突きを引っ払《ぱら》った。

ぎゃんっ、と異様な音がする。吹雪の大刀は、鍔元《つばもと》から刀身が折れ飛んだのであった。

そして、相手と擦れ違い様に、大輔は、ひゅっと大刀を一閃させる。

ひやりと肌に感じた太刀風に、

（斬られたっ）

一瞬、吹雪は、そう信じた。

黒い単衣《ひとえ》の胸元が、ぱっかりと口を開いた。その下の晒し布もだ。そして、乳房と腹部が剝き出しになる。

「あぁっ」

柄《つか》だけになった大刀を投げ出して、吹雪は両腕で胸元を抱えこむ。その場に膝をついてしまった。自分でも意外なほど強い羞恥心を感じて、真っ赤になっている。

「勝負あったな」

そう言い捨てて、大輔は刀を鞘《さや》に納めた。

すると、

「――南条大輔とやら」

茶室の中から、彼に呼びかける声がした。

「見事な腕前じゃ。褒美に茶を一杯、進《しん》ぜようほどに。こちらへ入りなさい」

百合姫の声である。

「ひ、姫様、それはっ」

あわてて、吹雪が何か言おうとすると、

「吹雪、お前は退《さ》がって着替えるがよい。他の者たちも、百合が呼ぶまでは茶室には近づかず、退がっているように。大輔がおるゆえ、わらわのことは心配せずともよいぞ」

「はい……」

吹雪と奥女中たちは、憎悪のこもった目で大輔を睨みつけて、無念そうに退出する。

「大輔、遠慮は無用じゃ」

「はっ」

敵側の相手ではあるが、藩主の第二子の直々の言葉には逆らえない。仕方なく、大輔は大刀を腰から鞘ごと抜いた。

茶室の躙《にじ》り口から入って、

「警護のお役目の途中にござりますれば」

まずは、大刀を手に持っていることを詫びる。

「気にせずとも、よい」

艶然と微笑した百合姫は、華やかな雰囲気の美女であった。頬が豊かで、藤丸と半年違いの同じ十八だというのに、すでに成熟した女の色香を漂わせている。

特に、ふっくらした厚めの唇が濡れたように光って、まるで下腹部の秘処《ひめどころ》を連想させるような淫らさであった。

異母姉の藤丸とは、あまり似ていない。藤丸は、ややきつい顔立ちが、父親の和泉守にそっくりだ。おそらく、百合姫は母親似なのであろう。

「頂戴いたします」

百合姫の立てた茶を、無風流な大輔ではあったが、何とか作法を間違えずに飲むことができた。四畳半の茶室にこもっている蒸れたように濃厚な女の匂いに、ひどく閉口する。

「大輔は強いのう」

百合姫は、長い睫《まつげ》に縁《ふち》どられた大きな目で彼を見つめて、言った。

「あの吹雪を赤子同然にあしらう男を、百合は初めて見ました」

「いえ」

その賛辞を、大輔は、にこりともせずに打ち消して、

「吹雪殿と拙者の腕前は紙一重、勝負は時の運と申します。拙者も、まだ修業半ばの者にすぎませぬ」

「百合は強い男が好きじゃ」

姫は、慣れた仕草で胸元をくつろげる。熟れた乳房が、半ば剝き出しとなった。その谷間は汗で光っている。にんまりと百合姫は微笑して、

「抱いておくれ、大輔」

「何と仰せられますか。拙者は失礼いたしまする」

大輔は、背後に置いた大刀を手にして、百合姫の脇を通り抜けようとした。が、姫は軀《からだ》を投げ出すようにして、大輔の行く手を塞いでしまう。裾前が割れて、白い太腿《ふともも》までが剝き出しになった。

「退がることは許さぬ」

左手を後ろについた横座りの姿で、底意地の悪い笑みを浮かべて、姫は言う。

狭い茶室は、それだけで進退不可能になった。

「もしも、わらわが一声叫んで女中どもを呼び、そなたに手籠《てごめ》にされそうになった——と申したら、どうなると思う」

「お戯《たわむ》れを。お通しくだされ」

「脅しではないぞ、大輔。本気じゃ。十三の時に初めて男の味を識《し》って以来、わらわは、欲しいと思った男は必ず手に入れてきたのだからな」

「そのような……」

「ただし、百合が楽しみ尽くして飽きがきたら、後腐《あとくさ》れのないように、それらの者には消えてもらったがのう」

あっ、と大輔は思い当たった。

美貌の百合姫の周囲では、これまで、何人もの若い藩士や出入りの商人、菩提寺の僧侶などが縊死《いし》したり身を投げたりしている。その者たちは、百合姫に恋い焦がれた挙げ句、身分の差を儚《はかな》んで死を選んだのだろう――と藩内では言われてきた。

だが、真相は、この淫乱姫に骨までしゃぶられて、その挙げ句に殺されていたのである。自殺に見せかけるだけではなく、事故を装った殺人もあったのではないか。

百合姫は、清楚な白百合などではなく、血も涙もない鬼百合、淫欲に狂った妖婦、おぞましい毒の華《はな》であったのだ。

「密かに男たちを始末していたのは、あの吹雪ですな」

「大輔は強いだけではなく、頭も切れるのじゃな。その通り。夜道で擦れ違い様に急所を当て落とし、堀へ落として溺れ死んだように見せかけるらしい」

「………」

「死骸の急所に残った痣《あざ》は、落ちた時にぶつかったように見せかけるために、わざわざ杭《くい》のある場所を選んで放りこむのだという。ほんに吹雪は有能な者よ」

「もしや、姫様が肌寂しい時には、吹雪殿は男の代わりをも務めていたのでは」

これも道場仲間からの耳学問だが、女と女が睦み合う方法があるという。指先や舌、あるいは精巧な木の作り物を男根の代わりとするのだそうだ。

「ほほほ。石頭の無骨者と聞いていたが、何とも通人《つうじん》ではないか。女女事《めめごと》のことまで知っておるとは」

男同士の同性愛を衆道《しゅどう》、女の同性愛を女女事と呼ぶ。男も女も相手にする者は、両刀使いといわれた。戦場に愛妾《あいしょう》を同行させることは困難なので、戦国武将の多くは、両刀使いであったという。

この淫乱好色の百合姫もまた、男だけではなく女とも寝る両性愛者《バイセクシャリスト》であったのだ。男装剃髪の刀腰女に、男の役目をさせていたのである。

茶室の中に女の匂いがこもっていたのも道理、大輔に斬りかかった時に吹雪の肌が匂ったのも、直前まで茶室の中で女同士の淫事が繰り広げられていたからなのだ。

姫の命令で退出する吹雪が大輔を睨みつけていたのも、勝負に完敗した悔しさだけではなく、これから茶室で起こるであろうことに対する嫉妬でもあったわけだ。

「青竹の節をも握り潰すという豪の者、さぞかし、わらわを心ゆくまで楽しませてくれようの」

「臣下の身で、主君の姫君と左様な真似はできませぬ」

それなら、藤丸のことはどうなのだ——という良心の声が、耳元に聞こえる南条大輔である。しかし、真剣な恋と淫欲だけの関係は別であるはずだ。

俺は魂の底から藤丸様を愛《いと》しく思っている——と自分に強く言い聞かせた。

「では、腹でも切るか。そなたほどの兵法者ならば、立派に割腹して果てような。しかし、それだけでは許さぬぞ。わらわに襲いかかったとなれば、南条家は断絶、一族郎党ことごとく死罪じゃ！」

四

城外に逃れた斗狩衆の血戯《ちざ》隷《れ》は、薄闇の中を影のように音もなく移動して、拠点の一つとして準備していた町人地の空き家に入りこんだ。

「うぅ………」

埃だらけの腐った畳の上に座りこみ、肩で息をついている。南条大輔に潰された右眼と折られた右足の脛の激痛が、もはや耐え難いほどになっていた。

（彼奴《きやっ》め……必ず、この手で殺してやるっ）

土間に降りると、白馬城潜入の前に満たしておいた水瓶の水を、血戯隷は貪《むさぼ》るように飲む。そして、革袋の中から、阿芙蓉《あふよう》——すなわち阿片を主体とした鎮痛の丸薬を取り出した。

それを口に運ぼうとした時、

「誰だっ」

丸薬を捨てた血戯隷は、三方手裏剣を家の奥の暗闇めがけて打つ。

その手裏剣が何者かに突き刺さった音は、聞こえなかった。底なしの井戸に落ちたかのように、ただ、飛翔音が、ふっ……と消えただけであった。

「——血戯隷よ」

闇の奥から声がした。

「あ、頭領でございましたか」

ほっとして、血戯隷は構えを解く。その声は、斗狩衆の頭領・幻夜斎《げんやさい》のものだったのだ。

「役目を、しくじったな」

「申し訳もございませんっ」

折れた右足を無理に畳んで、血戯隷は土下座する。

「今一度、機会をお与えくださいませ。南条大輔めの命は……」

「鬼砲《きほう》はどういたした」

血戯隷の哀願を遮《さえぎ》るように、幻夜斎は言う。

「それは……」

血戯隷は言葉に詰まった。

大輔の小柄《こづか》を右目に受けた時、血戯隷が屋根の上から落としてしまったのは、鬼砲と呼ばれる秘密武器である。

史実によれば――火薬の代わりに圧縮空気で弾丸を飛ばすという仕組の銃の最初は、ドイツ人のM・ギラルトニーが発明して、オーストリアの軍隊が採用したコントリーナ型連発銃だ。

これとは別の外部蓄気式の空気銃〈風砲〉が、オランダ人によって日本に持ちこまれ、これを参考にして鉄砲鍛冶の国友一貫斎《いっかんさい》が文政二年に造り上げたのが、〈気砲〉である。

しかし、実は日本では戦国時代に、すでに、堺の鉄砲鍛冶によって空気銃は実用化されていた。黒色火薬を用いる火縄銃と違って、目に見えない空気の力で弾丸を発射するため、その鬼神の業《わざ》を思わせる神秘性から〈鬼砲〉と呼ばれていた

う。
のである。
八代将軍吉宗の時代には、何と、矢立に偽装した超小型鬼砲まで存在したとい
仙波頼母を驚かせた血戯隷の鬼神の術とは、連発式鬼砲によって音もなく相手
を狙撃することだったのだ。
「不覚にも負傷した際に、取り落としまして……」
「鬼砲なくば、そなたは鬼神の術を使えぬ。鬼砲があっても倒せなかった南条大
輔を、右の眼と右足の自由を失って、なお倒せると思うてか」
「こ、この傷が癒えました暁《あかつき》には…」
「その畳を見よ」
静かに、幻夜斎は言う。
「長年の間に積もった埃が、そなたによって掻きまわされている。ここに入りこ
んだ者があることは、誰が見ても一目でわかるな。今、そなたの追跡隊が、城下
の寺社や空き家を片っ端から調べているというのに」
「重ね重ねの失態、お詫びのしようもございませんっ」
血戯隷は額を土間の地面にこすりつけるようにして、言った。腋の下には、冷

たい汗が流れている。

「詫び、と申したか」と幻夜斎。

「忍び者が真に詫びる方法は、一つしかないはずだが――」

「っ！」

それを聞いた瞬間、血戯隷は跳んだ。

土下座した姿勢から、蛙のように跳躍して、板戸に軀《からだ》をぶつける。片足を骨折している者とは信じられぬほど、素早い動きであった。

そして、倒れた板戸と一緒に外へ転がり出た。が、そのまま動かない。

血戯隷自身、何が起こったのかわからないという表情をしていた。彼の首の真ん中を、三方手裏剣が貫いている。傷口から血が噴き出したが、すぐに止んだ。

その三方手裏剣は、血戯隷が闇の奥に打ったものであった。

「忍び者の掟《おきて》は、死あるのみ……」

斗狩幻夜斎の声が、生命を失った血戯隷の上に降る。

「そして、忍び者が狙った相手もまた、死あるのみじゃ！」

# 五

「むむ……」

茶室の中で、大輔は進退窮《きわ》まっていた。

百合姫を押しのけて茶室から出るのは猫の仔《こ》をあしらうより容易《たやす》いが、姫に不義を仕掛けた汚名を背負わされては、一大事だ。

そうなったら、藤丸との禁断の恋を成就させるどころではない。藤丸の警護役を外されてしまうだろう。

命じられたこととはいえ、姫と茶室で二人だけになったのは事実だから、申し開きは困難である。それを見越した上での、百合姫の誘いだったのだ。

「のう、大輔よ、一度だけでよい。一度だけ、わらわを満足させてくれれば、放免してやろう。そなた、大名家の娘の高貴な秘肉を味わってみたくはないか」

躙《にじ》り寄った百合姫は、片膝立ちの大輔の袴に顔を寄せる。

「無双窓仕立てか、これは好都合」

袴の前の切れ目を鼻先で開いて、その中へ顔を突っこむようにした。

「ああ……雄《おす》の匂いで、いっぱいじゃ」

うっとりとした声で言う。そして、盛りのついた牝犬のように、毒姫は器用に唇と舌と歯を使って、柔らかな生殖器官を下帯の中から切れ目の外へと引き出した。

「やはり、巨《おお》きいのう。わらわが舐めてやろうぞ」

百合姫は、男の肉根だけではなく玉袋にまで舌を這わせた。

数多くの男を弄《もてあそ》び、死に追いやっただけあって、大名家の姫とは信じられぬほど巧みな性技である。先端部を咥えて、音を立ててしゃぶった。唇を窄《すぼ》めて、茎部をしごく。

「……………」

大輔としては、黙って百合姫の行為を見下ろしているより他に、どうしようもない。

やがて、大輔の意志とは裏腹に、その肉根は隆々とそびえ立った。姫は、その茎部に頬ずりして、

「おお、何とも期待以上の逸物よ。もはや我慢できぬ、早《はよ》う抱いておくれ」

もどかしげに袴の帯を解きながら、百合姫はせがんだ。

選択肢はなかった。大輔が覚悟を決めて袴を脱ぎ捨てると、姫は自分から帯を解いた。帷子《かたびら》や肌襦袢《はだじゅばん》、下裳《したも》の前を開く。

経産婦のように大きな胸乳《むなぢ》である。乳頭は硬く尖り、乳輪は茱萸色《ぐみいろ》をしていた。豊かな恥毛に覆われた秘部は、完全に熟し切っていた。赤紫色の肉厚の花弁が、ぽってりと膨らんで、花孔が貪欲に口を開いている。透明な蜜に濡れそぼっていた。

大輔が黒光りする巨砲をあてがうと、百合姫は自分から腰を浮かせて、それを咥《くわ》えこもうとする。

が、実際に剛根の侵入が開始されると、

「ひ……っ⁉」

さすがに、その直径と硬度に驚いて、百合姫は思わず腰を引いてしまう。だが、大輔は、最初に淫乱姫が望んだ通りに、構わず前進した。

「――アァっ‼」

奥の院まで一気に突入されて、百合姫は仰《の》け反った。しかし、ひとたび、灼熱の男柱を根本まで呑みこんでしまうと、自ら臀《しり》を蠢《うごめ》かして積極的に味わう。

「うう……凄い……何という逞《たくま》しさじゃ……大輔、そなたこそ本当の男……突いて、責めてっ、もっと犯してっ……あぁっ！」

簞笥《たんす》のように広い大輔の背中に両手の爪を立てて、百合姫は悍馬《かんば》のように臀を振った。その肉洞は、磯巾着《いそぎんちゃく》のように自在に蠕動《ぜんどう》して、男のものを締めつける。

まさに、名器というべきものであった。並の男性なら、二十と数えぬうちに果てていたかも知れない。

だが、大輔は湯殿で藤丸の中に二度、放っていた。そして、いかに絶世の美姫とはいえ、百合姫に対しては嫌悪感しか感じていない。

さらに言えば、兵法者《ひょうほうしゃ》の呼吸法によって、己れの快楽曲線が上昇するのを制御していた。

そのため、今までの情交とは違って、百合姫は何度も何度も快楽の波に身を揉まれているのに、いつになっても終幕にはならない。

「どうして、そなたは……百合は、もう目が見えないの………」

息も絶え絶えに言う百合姫の言葉を聞いて、大輔は、さらに律動を力強いものにした。

続けざまに攻撃された百合姫は、ついに己《おの》れの意識が快楽曲線の頂点で弾けるのを感じた。

汗まみれで姫は達したが、大輔は己れを制御したままであった。脅迫により交合させられた者の意地である。

ややあって、大輔が腰を引こうとすると、

「駄目、離れてはいやっ」

百合姫は両足を絡めて来る。

「一度だけご満足いただければ、放免していただけるというお約束でした」

「たしかに、そう申した」

百合姫は喉の奥で、くく……と嗤って、

「でも、これほどの男器は他にあるまい。頼母に命じて、そなたを、わらわの護衛役にしてやる。百合が婿を迎えても、末長く閨《ねや》で仕えるがよいぞ」

「大名家の姫君が……一度口にした約束を反故《ほご》になさいますか」

大輔のこめかみに血管が浮き出て、ひくひくと震える。

「大名家の家臣にとって、藩主の娘の言葉は、そのまま主君の言葉と同じく、逆らうことなど許されぬ。どうしても否と申すなら、先ほど申したように、南条家断絶、一族死罪にしてやるまでじゃ」

その肉感的な唇に、毒の嗤いを浮かべる百合姫だ。

「先ほどと違うのは、本当にそなたが百合を犯したこと。これで、どうにも言い抜けはできまい。ほほほ」

その嘲笑《ちょうしょう》を耳にして、

「…………」

大輔の中で堪えに堪えていた何かが、音を立てて弾けた。

今まで犠牲になった男たちも、このように毒姫の奸智によって追いつめられ、ある者は自ら死を選び、ある者は吹雪に殺されたのであろう。

非理非道の者、悪逆無類の相手には、馬鹿正直な誠意だけでは太刀打ちできぬ時がある。気が進まなくても、正義を貫くためには、あえて泥にまみれる覚悟も必要だ。

今が、まさに、その時であった。

大輔は、局部で繋がったまま、ぐるんと百合姫の軀《からだ》を俯《うつぶ》せにした。花孔が捻《ねじ》れて、それまでとは違った摩擦感があったらしく、姫は甲高《かんだか》い悦声《よがりごえ》を上げる。

「こうか、大輔。わらわを犬這いで責めてくれるのか」

ついに観念した大輔が性の奴隷になることを承知したと思ったらしく、百合姫は自分から両膝を立てて、肉づきのよい臀を持ち上げる。

大名家の姫君には不似合いな、下級の娼婦の如き牝犬の姿勢であった。

が、大輔は、その臀の双丘《そうきゅう》を両手で鷲摑みにすると、ずるっと巨根を引き抜いた。

あっ、と百合姫が臀を動かして男柱を咥えこむよりも早く、大輔は秘蜜まみれの肉の凶器を、花孔とは別の薄紫色の窄《すぼ》まった小孔にあてがう。

つまり、後ろの門にである。

六

「大輔、何を…」

石のような硬度の巨根が、背徳の扉へ突入した。

いや、無理矢理に突破したという表現の方が正しいかも知れない。

固く閉ざされていた排泄孔を、圧倒的な質量と圧力でこじ開けて、そのまま根本まで一気呵成に押し進んだのである。

稀代《きたい》の淫乱毒婦も第二の貞操だけは、まだ、乙女のままであったらしい。

「…………っ‼」

百合姫は、絶叫することすらできなかった。ただ、背骨が折れんばかりに背中を反らせて、水を含んだ海綿を握りしめたように、全身から脂汗を噴き出しただけであった。

括約筋が、大輔のものを喰い千切らんばかりに締めつける。道場仲間の言った通り、後庭華《こうていか》の味わいは、女華とはかなり異質なものであった。

「が……ひぎィ……そこは違う……不浄の門……ぬ、抜いて……」

貝殻を擦り合わせるような掠《かす》れ声で、百合姫は言った。

「突けよ、責めよ、犯せ――との姫様のご命令ゆえ、南条大輔、今より全力で実行させていただきまする」

大輔は、冷たく言い捨てる。

「待て、そんな……ぐっ、ぇぇおおおおっ」

腸《はらわた》の奥まで深々と突かれて、百合姫は吠えた。その口の中に肌襦袢《はだじゅばん》の袂《たもと》を押しこむと、大輔は、長いストロークで凶器の抽送を開始する。

深く突くと、後門の周囲の皮膚までもが内部に引きずりこまれた。

剛根を七分目まで引き抜くと、玉冠部の張り出した鰓《えら》によって、桜色をした内部粘膜が外へと掻き出される。

「助けて……もう許して……お臀が裂ける…わらわは死んでしまう……堪忍してえ」

百合姫が、弱々しい声で呻《うめ》く。

だが、大輔は慈悲心を見せなかった。ここで百合姫を解放したら、事態はもっと悪化する。

中途半端な折檻《せっかん》が、一番危険なのだ。

相手が女であれ男であれ、不徹底な暴力の行使は、根深い憎悪を生む。暴力とは、相手が肉体だけではなく心理的にも屈服して、報復心を捨てるまで行使せねばならぬものだ。

何しろ、素直に夜伽《よとぎ》に励んだ男たちでさえ、自分が飽きたら死に追いやるという恐怖の毒姫のことである。

なまじ手心を加えたりしたら、後門強姦の屈辱と激痛の代価として、百合姫が、大輔はもとより兄や義姉《あね》などにも、どんな報復をするかわかったものではない。

だから、大輔は心を鬼にして、排泄器官を破壊する寸前まで責めて責めて責め抜いた。徹底的に突きまくり、情け容赦なく犯しまくる。

自分と藤丸のためだけではない。今まで毒姫の犠牲になった罪もない人々の、淫靡な弔《とむら》い合戦であった。

四半刻《しはんとき》もたったであろうか、己れの良心を殺した大輔が、毒姫の背徳の門に非情な責めを続けていると、

「あふ……んん…あひゅう……」

百合姫の反応に変化が見えてきた。呻き声の中に、甘いものが混じり出したのである。

女として最も羞かしい器官を蹂躙《じゅうりん》される苦痛が極限を超えて、悦楽に転化したのであった。国家老の屋敷で千紗《ちさ》を犯した時と同じように、精神の防御のために脳内麻薬が分泌されたのだ。

華麗で淫らな毒の華《はな》が、石のように硬く長大な男柱の攻撃の前に、ついに屈服したのである。

「死ぬ……孔が裂けて死んでしまう……ひあァァ…いいの、死んでもいいから……不浄の孔を、荒っぽく掻きまわしてぇぇ……」

錯乱したかのように、矛盾したことを口走る百合姫だ。苦痛からではなく、あまりにも深い悦楽のために、涙すら流している。

「姫、大輔のものをお望みですか」

「お、お臀を……百合のお臀の孔を……大輔の魔羅で、ひぐっ……もっと……もっと犯して……お願いイィィっ！」

卑俗な淫語まで使って哀願する美姫の排泄孔を、大輔は、とことん凌辱《りょうじょく》しまくった。

その途方もない責姦に、汗にまみれた裸体を白蛇のようにくねらせながら、百合姫は正気を失った者の如く悦がりまくる。

前で感じない女も後ろでは哭き狂うと得意そうに語った道場仲間の言葉は、本当であったか——と大輔は思った。

未知の快楽に身を焦がして、牝そのものとなって哭き叫ぶ毒姫の暗黒の狭洞に、大輔は、ついに放った。

熱湯のような大量の白い溶岩流が、凄まじい勢いで姫君の腸の中に射出された。ごぼごぼと音を立てて、怒濤のように女体《にょたい》の奥の奥を直撃する。

「〜〜〜〜っっ‼」

生まれて初めて味わうその強烈な背徳の刺激に、百合姫は背中を波打たたせて、気を失ってしまった。

大輔のものを絞り尽くそうとするかのように、後門括約筋が激しく巨砲の根本を締めつける。物凄い収縮力であった。

　だが、それほどの強烈な刺激を受けても、大輔の心には虚《むな》しさしか残らない。所詮、肉の快感と心の満足は全く別のものなのだ。

　たっぷりと注ぎこんでから、大輔は肉の凶器を、ずるりと引き抜いた。床の間に用意されていた小箱の中の桜紙で、後始末をする。

　百合姫の後門は、頭足類の吸盤のように、無惨に赤く環状に腫れ上がっていた。暗い虚《うろ》のように、ぽっかりと排泄孔を開いたままで、桜色をした内部粘膜まで見せている。

　そこから、逆流した男の聖液が、とろとろと流れ出していた。白い聖液は空気に触れると、透明に変化していく。

　大輔は、汗と聖液にまみれた毒姫の臀も、丁寧にぬぐってやる。その感触に、百合姫は重そうに瞼《まぶた》を開いた。

「大輔……行かないで……」

　躯《からだ》だけではなく心までも男柱に完全に征服されて、淫欲を深く満たされて疲弊し切った百合姫の顔からは、邪気がぬぐいとられたように見えた。

「本当の男どころではない。そなたは、まるで獣物《けだもの》。でも、百合は、こんなに乱れたのは生まれて初めて……女の軀は残忍な獣物をこそ求めているのかしら……」

「拙者には役目がございますれば」

百合姫の戯言《ざれごと》を遮断するように、袴を穿きながら大輔は、素っ気なく言った。

「もしも捕えられましたら、拙者、この茶室で起きたことは何一つ隠さずに、お目付方に申し上げねばなりませぬ」

「そ、それは……いけません、それは駄目っ」

狼狽《ろうばい》して、百合姫は上体を起こした。汗に濡れた乳房が重たげに揺れる。顔をしかめたのは、蹂躙された後門が痛むのだろう。

いくら淫乱毒婦の百合姫でも、排泄孔を犯されて悦がりまくったと家臣たちに知られては、立つ瀬がない。

藤丸を廃嫡に追いこんで御家《おいえ》乗っ取りに成功したとしても、家臣の後門姦に歓びの涙まで流したとあっては、百合姫が藩士たちの尊敬を受けることは困難であろう。

「不本意ながら、卑劣な罠には卑劣な策で対抗させていただきました」

「お願い、大輔。このことだけは…誰にも秘密に……」

「では、御免――」

困惑する百合姫を置き去りにして、大輔は、忌《い》まわしい茶室から出た。

顔をしかめて、衣服にまとわりついた淫気を落とそうとするかのように、乱暴に単衣《ひとえ》の両肩を払う。

（未熟だ、俺は……）

夜の帳に包まれた庭を歩きながら、溜息《ためいき》を洩らした。

（敵を斬らねば自分の命が危うくなる、卑劣な悪女には卑劣な姦淫で弱みを握る……いや、違うぞっ）

大輔は、頭を振る。

（どんなに敵が強く邪悪であっても、正道を貫くのが真の武士ではないか。剣士としても、人間としても……俺はまだまだ、未熟だなあ）

夜空を仰ぐと、あまりにも愚直に悩む大輔の若さに、満天の星が笑いかけているかのようであった。

# 第六章　絶対の危機

## 一

泥のように深い眠りについてた南条大輔《だいすけ》は、奇妙な感触に目を覚ました。

「ん……」

草木も眠る丑三《うしみ》つ刻《どき》――深夜の午前二時頃である。

毒の華《はな》・百合姫《ゆりひめ》の臀孔《しりあな》を犯しまくることによって、その毒牙から逃れた大輔は、若君の御座所へ戻ると、曲者《くせもの》を取り逃したことを藤丸《ふじまる》と浅路《あさじ》に詫びた。

そして、佐和野《さわの》たち奥女中や刀腰女《とうようめ》の吹雪《ふぶき》と揉めたことは報告したが、無論、茶室での一件には触れない。

戻るのが遅くなったのは、念のために庭の中を見回ったので――と申し開きする。

報告を聞いた藤丸は、「大輔さえそばにいてくれたら、わしの身は安泰じゃな」と無邪気に喜んだ。浅路の話によれば、城下へ出た追跡隊は未だに逃走した斗狩《とがり》衆《しゅう》を発見していないという。

敵の残した圧縮空気式鉄砲を見せて貰ったが、残念ながら落下した時に心臓部が壊れたらしく、作動はしなかった。

大輔は井戸端で水を浴びて、百合姫の匂いを洗い流した。奥女中の用意してくれた新しい肌着と下帯《したおび》を身につけて、再び、若君警護の役目に戻る。

そして、亥《い》の上刻《じょうこく》——午後十時に、他の藩士と廊下の番を交替すると、若君の寝間の次の間に用意された寝床に入った。

さすがに、疲労困憊していたのだろう。横になって目を閉じた途端に、大輔は眠りに落ちた。

そして、今——大輔は仰向けに横たわっている。上掛けは、脇にのけてあった。有明行灯《ありあけあんどん》の淡い光に照らされて、大輔の股間に顔を伏せている者がいた。

藤丸である。

男装姫は大輔の肌襦袢《はだじゅばん》の前を開き、下帯を緩めて、そこから出した肉茎に頰ずりをしているのだった。

「ふ……」

藤丸様と言いそうになって、あわてて大輔は口を閉じた。廊下にいる宿直《とのい》の者に聞こえたら、大変である。

大輔が目覚めたと知った寝間着の藤丸は、ずり上がってきて、彼の太い首にかじりついた。華のような唇を、男の口に押しつける。

その愛情のこもった接吻に、大輔は反射的に応えた。互いの唾液《だえき》を吸う。

それにしても南条大輔、いくら藤丸に殺気が皆無だったからといって、己《おの》れの急所を弄《もてあそ》ばれるまで眠りから覚めなかったとは、兵法者《ひょうほうしゃ》として失格である。

相手が殺気を完璧に消した敵という場合も、ありえるのだから。

「藤丸様」

ようやく、大輔は唇を離してから、

「城内でこんな真似をしてはいけません。宿直の者もおりますぞ」

自分が茶室でしでかした淫事は棚上げにして、小声で叱る。すると、男装の姫君も囁《ささや》くような声で、

「宿直は居眠りをしておった。だから、こちらの間に来たのだ」

ほとんど得意そうに言う。

「そなたが隣に寝ていると思ったら、どうしても一緒に寝たくなって、我慢できなかったのだ。夫婦は一緒に休むものだろう。わしが一緒だと迷惑か、大輔」

「なんの、迷惑でありましょうや。ただ…」

「迷惑ではないのだな、嬉しいっ」

藤丸は、大輔の首に鼻先を埋めるようにした。それから、唇と舌を広い胸に這わせる。

その背中を撫でながら、水を浴びて百合姫様の匂いを流しておいて良かった──と大輔は思った。

わずか二刻──四時間程度の睡眠だが、鍛え抜いた頑健な肉体は、ほとんど体力を回復したようであった。それが証拠に、股間の凶器が頭をもたげている。

それに気づいた藤丸は、男の股間に顔を寄せて、両手で茎部を握った。彼女の細い指では、回り切らぬほど太い。しかも、全長は二握りよりも遙かに長かった。

「のう、大輔。奥女中たちが話しているのを聞いたことがあるが、お嫁が旦那様に奉仕する方法があるらしいな。どうするのだ、教えてくれ」

「左様なことは、なさらずとも」

「駄目か。わしは、大輔に喜んで欲しいのだが」

哀しげな表情になる藤丸であった。それを見た大輔は、胸が熱くなって、

「では……唇をそれに」

「おお、こうか」

健気《けなげ》に、藤丸は肉柱に唇を押し当てる。

「そして、舐めていただけますか」

「うむ。こうだな」

勘の良い男装姫は、猫のように舌先で茎部の側面を舐め上げる。

何となく要領が飲みこめたらしく、肉柱の表側や裏側も、舐め回した。先端の玉冠部をも、舌で撫でる。

「その頭の下に、くびれがありますな。男は、そこを舐められると最も快味を覚えるようです」

「ここか……」

玉冠部の最も直径の大きい部分の縁と、その下の段差に、藤丸は舌を這わせた。

特に、段差の部分は舌先で抉《えぐ》るように舐める。

大輔は、熱心に舌を使う藤丸の頭や頬を撫でながら、

「ずいぶんとお上手ですぞ、藤丸様」

「そうか」

唇を離して嬉しげに微笑した藤丸であったが、急に困ったような顔になった。

「大輔。わしは、ふしだらな娘なのだろうか。生まれて初めて旦那様に奉仕するのに、すぐに上手になるなんて……」

「何を言われますか。お上手なのは、藤丸様の情《じょう》がそれだけ深いということです」

「そうか……うん、そうだな」

救われたように、再び微笑む藤丸であった。

愛する男の言葉に一喜一憂する男装姫の様子が、大輔には、たまらなくいじらしい。絶対に幸せにしなければならぬ——と固く心に誓う。

「藤丸様、腰をこちらへ」

横向きになって、藤丸を自分と逆向きにさせると、大輔は、彼女の片膝を立てさせる。そして、純白の肌襦袢の前を開いた。

普通の女であれば腰に巻く下裳《したも》をつけているところだが、男を装っている藤丸は、幅の狭い白い下帯を締めていた。

その薄い布地の上から、大輔は指先で亀裂を撫でる。すると、皮鞘《かわざや》の中に隠れていた女芯が充血して、隆起するのがわかった。

指の腹で、布越しに女芯を撫でさすると、

「はあァ……んん……」

巨根を舐めまわしていた藤丸が、切なげに呻《うめ》く。

「ここは痛くありませんか、藤丸様」

「何ともない」

と藤丸。

「だから何をしても良いのだぞ。藤丸の軀《からだ》はみんな、大輔のものだ。痛くしても構わない。わしは、きっと我慢する。旦那様の好きなようにしてくれ」

「では、好きなようにさせていただきましょう」

大輔は、右の人差し指で、下帯を横へずらした。

桜色の可憐な佇まいの花園は、すでに透明な露を湛えて女の匂いを放っていた。秘毛は、蟬の羽根を貼りつけたように薄い。花園に唇をつけて、大輔は愛汁を啜《すす》る。

「す、吸われてるぅぅ……」

逞《たくま》しく屹立《きつりつ》した肉柱を握りしめたまま、男装姫は悲鳴のように甲高《かんだか》い声を立てた。

　大輔は、さらに舌先を亀裂の奥に潜りこませた。湧き出した愛汁を掬い上げるようにして、飲む。

「大輔、そんなことをされたら……藤丸は、ご奉仕ができない……」

「では、わたくしは休みますから」

「うん」

　藤丸は小さな口を精一杯に開いて、男根を咥《くわ》えた。

　濡れた口腔粘膜と舌が、丸々と膨れ上がった玉冠部を温かく包みこむ。素晴らしい快味であった。

「ゆっくりと顔を前後に動かしてください」

　大輔が言うと、素直に藤丸は実行する。

「そうです」と大輔。

「そのようにしていただくと、男は羽化登仙《うかとうせん》の気分になります」

「ん……」

　生殖器を頬張ったままで、藤丸は「うん」と言った。

　そして、両手で茎部を扱き立てながら、顔を動かした。どんなに頬張っても長大な生殖器の半分も呑めないが、それでも唇を窄《すぼ》めて、少しでも多くの快感を大輔に与えようと、努める。

気品のある男装姫の顔が黒光りする男根を懸命に吸茎している様子は、大輔に、肉体的な快感以上に精神的な満足感をもたらした。心の底から藤丸を愛《いと》しいと思うし、大事にしたいとも思う。

やはり、いくら美しくとも淫乱邪智の毒姫を相手にしている時とは、全く違うのだ。

大輔は、藤丸の女下帯を剝ぎ取った。片足を立てているので、花園だけではなく、後ろの排泄孔まで丸見えになる。

放射状の皺はなく、箸の先で突いたように小孔があるだけだった。紅色をしている。淫靡さはなく、可愛らしい眺めだ。

いつか、ここも我がものにする時があるのだろうか——と大輔は思う。だが、それを急ぐ気持ちはない。少しずつ、無理をせずに、藤丸の軀を開花させたい。

大輔は、背徳の門にくちづけをした。

「ひゃんっ」

口淫中の藤丸は、びくんっと背中を反らせる。同時に後門も、それ自体が独立

した生きものであるかのように、きゅっと窄《すぼ》まった。藤丸は羞恥に頰を染めて、大輔を睨み、

「もう、大輔……そこは羞かしすぎる」

「はて。好きなようにしてよい、との仰せでしたが」

「確かに申したが……いやっ」

耳まで真っ赤になって、男性の根本の繁みに顔を埋める藤丸であった。

「わかりました、もう致しません」

惚れ合っている者同士の、他愛ない言い争いが楽しい。

大輔は軀を起こすと、胡座《あぐら》をかいた。男がこの姿勢の方が女は吸茎しやすいと気づいたからだ。不慣れな初心者なら、なおさらであろう。

藤丸は、大輔の前に蹲《うずくま》るような格好で、巨砲をしゃぶる。存分に、頭を上下に動かして、奉仕する。やがて、大輔は、尾骨の辺りが熱くなるのを感じた。

「藤丸さま、果てます」

「んぅ……」

少し頷いて、藤丸は、さらに顔を動かした。男の言葉の意味はわかったが、口を外そうとはしない。

「む……」

豪根が膨れ上がって、その先端から精が迸《ほとばし》り出た。その勢いの激しさに戸惑いながらも、男装姫は喉を鳴らして、飲みこむ。

最後の一滴までも絞り出すようにして、藤丸は聖液を飲み尽くした。それから、柔らかくなった玉冠部を一舐《ひと》めすると、無邪気な表情で、

「大輔、藤丸も飲んだぞ」

自分の愛汁を啜ってくれたお返し、という意味であろう。

「藤丸様っ」

大輔は、藤丸を抱きしめた。唇を重ねる。自分が放ったものの濃厚なにおいを厭《いと》いもせずに、舌を深く使う。

藤丸もまた、樽のように分厚い男の肉体にかじりつきながら、舌を絡める。

世の中にこのような幸福があったのか——二人は、そのような甘ったるい感慨に浸っていた。

それから二刻——四時間とたたない内に、運命の大激変があるとも知らずに。

二

「――江戸から急使だと？」

用人に起こされた国家老の島沢忠広《しまざわただひろ》は、

「笹山殿からだな……何が起こったというのか」

無論、吉報ではありえない。大河内《おおこうち》家にとって、悪い報せに決まっている。問題は、どの程度悪いことなのか、なのだ。

忠広は、すぐに寝間から出て使者の間へ向かう。寝間着のままであった。

時刻は卯《う》の中刻《ちゅうこく》――午前六時前である。

国家老屋敷の使者の間には、早馬で駆けつけた井村錦吾《きんご》という江戸詰めの藩士が、気力だけで意識を保っている。頬がこけて、目の下には隈ができていた。両側から若党と中間《ちゅうげん》が、彼を支えている。

「ご苦労であった。わしが島沢忠広じゃ」

座敷に入ってくるなり、忠広は言った。

「江戸家老笹山庄太夫《しょうだゆう》様より、これを――」

懐《ふところ》から取り出した書状を、錦吾は両手で差し出す。忠広は手ずから、それを受け取って、立ったままで中身に目を通した。

「む……」

忠広の顔から血の気が引いた。蒼ざめるどころか、土気色に近くなる。

主人のその様子を見た用人も、若党や中間も、胃の腑《ふ》に氷を呑みこんだような顔つきになった。

「うむ、委細は承知致した」

忠広は書状を閉じながら、

「江戸を立ったのは、昨日の夜じゃな」

「ま…真夜中に近い時分でございました」

甲州街道を一晩中、次々に馬を乗り換えながら駆けてきたのだ。馬から降りた今も、全身の筋肉が勝手に震えて、関節という関節が踊っているような気分であろう。

「六十里の道程、御家《おいえ》のために、よくぞ駆け抜けてくれた。忠広、重ねて礼を言うぞ。今は、ゆっくりと休んでくれ」

「はっ……」

頭を下げた錦吾は、緊張の糸が切れたのか、体力の限界か、そのまま気を失ってしまう。中間と若党は、錦吾を労《いたわ》りながら別室へと運んでいった。

忠広は厳しい顔つきで、それを見送ってから、

「登城する、すぐさま支度してくれ」

用人に言いつける。

「それから、大至急、旅の支度をしておくように」

「旅……で、ございますか」

「うむ。わしは多分、今日の内にも江戸へ行くことになるだろう。後のことを頼むぞ」

「ははっ」

驚きの表情のまま、用人は去った。

独りになった島沢忠広は、がっくりと肩を落とす。

「最悪の事態よな……」

呟《つぶや》くように言った。

藩主・大河内和泉守兼之《かねゆき》様が重態——江戸家老の報せは、これであった。後架の中で、卒中《そっちゅう》で倒れたのだという。

四十を過ぎているというのに和泉守は、江戸にあっても国許でも、「斗酒《としゅ》をも辞せず」という底なしの飲み方をする酒豪であった。

殿は、いつか酒毒に命をとられる——忠広でさえ、そう思っていた。

が、白馬藩《はくば》にとっての大問題は、藩主が重態に陥ったことではない。それ以上に大変なのは、嫡子の藤丸が、まだ、将軍家に御目見得《おめみえ》を済ませていないということであった。

（もしも、今、殿が亡くなられたら……）

大名の嫡子は——旗本でも同じことだが——将軍と対面することによって、初めて、後継としての資格が認められる。

しかし、男装の姫君である藤丸は、赤ん坊の時に国許に来てから、この地で成長して一度も江戸へ下っていない。だから、将軍と対面もしていない。

ということは、このまま藩主の和泉守が死去すると、最悪の場合、白馬藩大河内家は嫡子なしでお取り潰しになってしまうのだ。

では、どうすれば、無事に大河内家を存続できるのか。

藤丸が江戸へ行くしかない。それも、大急ぎで。父の和泉守が息を引きとる前に。

笹山庄太夫の書状にも、そう書かれていた。

江戸時代初期には、藩主が死去した時点で嫡子のいない藩は、問答無用で取り潰しになった。

その領地領民は新藩主が引き継ぐが、元の藩士たちは、浪人という名の失業者となって、何の保証もなく家族ともども無情の巷《ちまた》に放り出される。

戦国時代ならば、武士は腕次第で他家へ再仕官も可能だろう。しかし、大平の世に新しく家臣を増やそうという大名は、ほとんどいない。そのため、市中に浪人が溢れかえった。

その浪人たちが、軍学者の由井正雪を頭《かしら》にして武装蜂起を企《たくら》んだのが、いわゆる慶安の変である。四代将軍家綱の時代のことだ。

この事件に驚愕した徳川幕府は、さすがに取り潰しの基準を一部緩めて、後継のいない大名が死の直前に養子を指名することを許すようになった。十八歳から五十歳までの大名・旗本が対象である。

これが、末期《まつご》養子という制度だ。

五代将軍綱吉の時には、先の年齢制限も解除となり、末期養子が全面的に認められるようになった。

藩主が急死した場合は、家臣たちが死亡日時を遅らせて、その間に末期養子の手続きをしてしまうことまで、黙認されている。

（だが……藤丸君《ぎみ》は末期養子には当てはまらない。それが問題なのだ）

島沢忠広は奥歯を嚙み締める。

通常、大名の妻子は江戸藩邸に住む。だから、大名の嫡子は機会を見て、将軍家に拝謁を済ませておく。そうすれば、いつ何度、藩主が不幸な事態になっても、問題なく家督相続できるのだ。

ところが、藤丸は嫡子としての届けを公儀に出しておきながら、前にも述べたように、特権によってずっと国許で暮らしていたから、十八歳の今日まで将軍に拝謁していないのである。

もしも、このまま御目見得前に和泉守が死亡したら、藤丸は家督相続できない可能性が非常に高い。

これだけでも大変な問題なのに、さらに問題なのは――。

（藤丸君が本当は女だということだ……）

忠広が登城したら、ただちに総登城の太鼓を打って、全藩士を集めて、藤丸の江戸行きの準備をさせねばならぬ。

そして、準備が整ったら、夕方であろうが深夜であろうが、ただちに出立するのだ。寸刻を争う事態だ。

白馬街道から中山道の本山宿へ出て、さらに下諏訪宿から甲州街道へ入り、甲府を通って江戸へ向かう。

江戸まで六十里、天候などの不安定要素もあるが、大名行列としては遅くて十二日、早くても五日という距離であろう。

（しかし、殿の逝去前に江戸へ到着して、上様に拝謁を願い出たとしても……江戸城内において老中や大目付に、藤丸君が男ではないと見抜かれたら……大河内家の取り潰しどころではない。まず、国家老のわしと江戸家老の笹山殿は切腹だな。切腹なら、まだ良い。公儀を謀《はか》った罪で、死罪打首かも知れぬ……）

時間はあったのだ。十数年という年月の間に、嫡子問題について何らかの手を打っておくべきであった。

だが、ご正室様に男子さえ生まれれば……という細々とした希望の糸に、忠広たちはすがっていたのだ。

いつの時代でも、難題をかかえた者のほとんどがそうであるように、関係者一同は、事態の解決を先へ先へと延ばしてきたのである。

そして、これまで彼らが何もせずに手をこまねいてきた付けが、たった今、最悪の形でまわってきたというわけだ。

（悩んでも仕方ない。無策の報いが来たのだ。どう考えても、若君が急ぎ江戸へ行くより他に道はないのだ）

忠広は腹をくくった。

（これは賭けだな。運が良ければ、藤丸君の拝謁は無事に終わるだろう。そして、家督相続をしたら、なるべく早くに、大河内一族から養子をとって、病気か何かを理由に藤丸君には若隠居をしていただくのだ）

これが、現在考えられる最良の方法であろう。

（無論、若君を亡き者にするために刺客まで雇ったお嘉世《かよ》の方《かた》や仙波《せんば》頼母《たのも》などの逆臣どもは、その前に、必ず一掃してくれるっ）

そう決心してしまうと、軀《からだ》の奥から闘志が湧いてきて、気力が充実するのを覚える。初老の身を忘れそうだ。

「わしは国家老だ。わしの采配に、大河内家の全てがかかっているのだ」

出陣直前の戦国大名のような猛々《たけだけ》しい表情になって、島沢忠広は自分自身に、そう言い聞かせる。

三

南条大輔が、屋敷へ戻った時には、義姉《あね》の早苗《さなえ》は奉公人たちを指図して、二人分の旅の準備を整えているところだった。

辰《たつ》の中刻《ちゆうこく》――午前九時前である。

「これは、義姉上。兄上が帰宅してもいないのに、よく、旅立ちのことがわかりましたな」

「ほほほ」

自ら襷掛《たすきが》けをした早苗は、明るく笑って、

「大輔殿、あまり旦那様を見損なわぬように」

「はあ」

「旦那様はね。総登城の太鼓を聞いて屋敷を出られる時に、場合によっては江戸行きがあると、すでに察しておられたのです。江戸藩邸に何か急変あり、それ以外に総登城はありえない――と」

「なるほど。さすがだ」

「それに、ね」

早苗は真顔になり、声を落として、

「殿様が肝の臓を病んでいるらしいと、お役目で江戸へ行った人たちから旦那様は聞いていたようなの。妻である私にさえ、今までお話にならなかったけれど」

「ええ、わたくしも聞いていませんでした。いかにも、口の堅い慎重居士《こじ》の兄上らしい……」

「で、まだ、旦那様はどうなるかわからないけれど、大輔殿は江戸へ行かれるのでしょう」

「はい、勿論です。若君の警護役ですから」

それで、島沢忠広から自分の屋敷へ戻って旅の準備をしてくるようにと言いつけられたのである。

藤丸は、大輔が城から出ることをひどく不安がって、「必ず戻るのだぞ、すぐに藤丸のところへ戻るように」と何度も繰り返したのだ。

「衣類に笠に合羽に手甲《てっこう》、足袋《たび》、手拭いから替えの草鞋《わらじ》に、万が一の時の糒《ほしい》、その他色々、お部屋に用意しておきました。一通り調べて、何か足りないものがあったら、言ってくださいな。すぐに、ご用意いたします」

「ありがとうございます、義姉上」

　武家の妻として有能すぎるほど有能な早苗に、準備洩れなどありえないと思いながら、大輔は頭を下げた。

　そして、自分の部屋へ入って大刀を刀掛けに置くと、袴を脱ぐ。用意された品々の前に、どっかと胡座《あぐら》をかいた。すると、その時、

「大輔様」

　庭の方から、老僕の和助が声をかけて来た。

「おお、和助《わすけ》。留守中、義姉上のことを頼むぞ」

「はい、それはもう」

　和助は腰を深々と折ってから、

「あの……お友達がお見えになりましたが。楠本《くすもと》様でございます」

「え、徳之介《とくのすけ》が」

　幼なじみで道場仲間の楠本徳之介が、この非常時に何の用であろうか。

　脇差だけを帯びた着流し姿の大輔は、沓《くつ》脱ぎ石にあった草履《ぞうり》を引っかけた。庭の木戸の方を見ると、そこに徳之介が立っている。大輔と目が合うと、片手拝みして頭を下げた。

「何だ、あいつ。他人行儀な」

彼が木戸まで行く間に、徳之介は屋敷の裏門の潜戸《くぐりど》の方へ向かった。

「どうしたのだ、徳之介」

潜戸の前まで行くと、汗っかきの徳之介は、しきりに手拭いで汗をふきながら、また頭を下げる。

「すまん、すまん。江戸行きの用意で忙しいところを」

「俺が下城したと、よくわかったな」

「わしの従妹《いとこ》の紀実《きみ》が奥御殿に奉公してるのは、お主も知ってるだろう。その紀実が急にうちへ帰って来て、お主を呼び出してくれというのだ」

「紀実殿が」

楠本紀実は若君付きの奥女中だが、御殿の中では、まだ大輔と言葉を交わしていない。

この急場に呼び出されるような理由も、考えつかない。

「何でも、お乳母《めのと》様から、お主あてに大事な伝言があるというぞ」

「何、浅路《あさじ》様から……?」

乳母の浅路には、無論、下城前に挨拶している。伝えるべきことがあれば、その時に、伝えているはずだ。

するど、大輔が城を出た後で、何か緊急事態が若君に起こったのだろうか。分厚い胸板の下の心臓が、鼓動を早める。

「それでな。紀実は、お主と会っているのを人に見られると困るというので、うちの屋敷で待っているのだ。すまんが、来てくれぬか」

「わかった」

大輔は少し離れた場所に心配そうに控えている和助を呼んで、楠本の屋敷へ行って来るから――と言う。楠本家の屋敷は、ほんの二、三軒、先なのだ。

「では、手間はとらせぬから」

徳之介は、潜戸から出て行った。大刀を取りに部屋へ戻ろうかとも考えたが、時間が惜しいので、大輔もそれに続く。

強い陽射しに乾ききった武家屋敷通りに、人影はなかった。

塀に沿って歩きながら、徳之介は、

「お役目とはいえ、江戸へ行けるお主が羨ましいよ」

「こいつ、呑気なことを言うな。御家《おいえ》の浮沈がかかった急ぎの旅だぞ。物見遊山とは、わけが違うんだ」

幼なじみの気安さで、大輔も軽口を叩きながら、塀の角を曲がろうとした。その時、

「っ！」

大輔は、さっと一間《いっけん》ばかり斜めに跳び退がった。着地した時には、脇差の鯉口《こいくち》を切っている。かっと両眼を見開いて、

「徳之介、どういうことだっ」

しかし、楠本徳之介が弁解するよりも先に、塀の角から、十数人の捕方が飛び出してきて、大輔を包囲する。手に手に、六尺棒を構えていた。

「南条大輔、神妙にいたせっ」

そう言ったのは、目付補佐役の依田平八《よだへいはち》であった。捕物の邪魔にならぬように、羽織の裾を帯の下に押しこんでいる。

「依田様、これは何としたことです」

「手向かいはならんぞ。大人しく、評定所へ同道いたせ」

「お戯《たわむ》れも、時と場合によりますぞ。この南条大輔、これより準備が整い次第、若君の警護役として江戸へ赴《おもむ》く身です。こんな座興にお付き合いしているような余裕は、ございませぬ」

そう言いながら大輔が、徳之介の方を見ると、彼は申し訳なさそうに項垂《うなだ》れている。

「いや、お主は取り調べの終わるまでは、旅には出られぬ」

「取り調べとは、一体、何の取り調べですか」

そんなはずはないが、まさか、百合姫が茶室での一件を訴えたのか——と頭の隅で考えながらも、大輔は問う。すると、依田平八は声を潜めて、

「奥御殿奉公の佐和野《さわの》という御女中が、今朝早く、懐剣で喉を突いて自害をはかった」

「えっ……」

まったく思いもかけぬ話に、さすがの大輔も驚いた。

「その顔色、身に覚えがあるようだな」

「いえ、それは」

「遺書には、お主に辱《はずかし》められたので、死を選ぶ——と書いてあった。幸い、喉の傷が浅いのと手当が早くて、一命を取り留めたが」

問答無用で薙刀《なぎなた》で斬りかかってきたから、それを大輔は受け止めて、逆さにしてやったのだが……それが自害未遂の動機とは、逆恨みというものである。

「茶室の前で何があったのか、それは他の御女中や刀腰女《とうようめ》の吹雪《ふぶき》殿には聞いてある。あとは、お主の言い分を聞くだけだ」

「あの揉め事は、わたくしに非があるとは思えませせぬ」

「だから、目付の下川様も、お主の言い分をとっくりと聞きたいというのだ」

「しかし……」

「のう、大輔。本来なら、この捕方たちには刺又《さすまた》や突棒を持たせるところだ。それを、六尺棒だけにした。わしの配慮も少しわかってくれ。佐和野の父や兄は、弟を名目人にして、仇討ちの用意までしておる。それを、取り調べが済んで真相がはっきりするまで待て——と、わしが宥《なだ》めたのだぞ」

「……」

「縄は打たぬし、無論、脇差も帯びたままで良い。そのままで良いから、同道してくれ。わしも下川様も、お主が破廉恥漢《はれんちかん》だなどとは、少しも考えておらん。御家老も、得々とお主の弁護をされた。だが、奥御用人の仙波様が、お主を捕らえろとひどく強硬でなあ」

「仙波様が……」

逆臣め、俺を陥《おとしい》れるつもりか——大輔は、歯嚙みした。

「双方の言い分を聞いて、お主の身の明かしが立てば、すぐに馬で御行列を追えば良いではないか」

「……」

「のう、藤丸様が江戸へ御目見得に行かれる、大事な旅ではないか。詰まらぬ禍根《かこん》や疑いを残したままで、若君の御供をするのは、家臣としてどうだろうか、大輔」

「わ、わかりました」

大輔は、力なく肩を落とした。ここまで理詰め情詰めで説得されると、我を張って突っぱねるわけにもいかない。一寸ほど抜いた脇差を、鞘《さや》に納める。

平八の合図で、六尺棒が引かれる。豪傑と評判も高い大輔を相手にしなくて良いとわかって、捕方たちも、ほっとしているようであった。

「徳之介を恨んではならぬぞ。お主の屋敷の中で捕物騒ぎを起こすよりは、ここまで連れてきて説得した方が世間体《てい》も良い、と気遣ってのことだ」

「すまん、大輔。俺は……」

徳之介は泣きそうな顔で、頭を下げた。

「もう良い。気にするな」

まだ、心の底から許す気にはなったわけではないが、大輔はとりあえず、そう言っておく。

「では、参ろうか――」

帯の下から羽織の裾を下ろすと、依田平八は先に立って歩き出した。

四

国境《くにざかい》の森の奥に、十坪ほどの空き地がある。

そこに、長さ五尺半ほどの蛞蝓《なめくじ》が横たわっていた。樹冠の間から斜めに射しこんだ月光が、その泥塊《でいかい》を照らし出している。

無論、本物の蛞蝓ではない。そのような形の泥の塊である。

先端の方に短い竹筒が斜めに埋めこまれているので、それが触覚のように見えた。泥の表面は乾き切って、ひび割れが生じている。

その泥蛞蝓の前に、白衣に鈴懸《すずかけ》、結架裟《けさぶくろ》、括袴《くくりばかま》という姿の山伏が立っていた。兜巾《ときん》の下の髪は真っ白で、長く背中まで垂れている。白い顎髭も、胸まで垂れていた。

削げたような頬の老人で、その眼光は夜光石のように不気味だ。

右手の錫杖《しゃくじょう》を、すっと持ち上げると、先端で泥塊の真ん中のあたりを打つ。大きく、罅《ひび》が入った。

白髪の山伏は、何度も泥塊を打って、全体に満遍なく、罅を入れた。それから、錫杖を地面に突き立てると、

「目覚めよ――」

山伏姿の斗狩幻夜斎《げんやさい》は言った。

最初に打った部分から、がばっと人間の右手が飛び出して、それが天に向かって突き立てられる。そして、次に左手が飛び出して、右腕と平行に突き立てられた。

竹筒が倒れて、そこから人間の頭が出てくる。女である。斗狩衆の一忍、三弦《さんげん》の伽羅《きゃら》であった。

伽羅は泥片を振り払いながら、立ち上がった。全裸だった。頭髪と下腹部の恥毛には小さな泥の欠片《かけら》が、こびりついている。

「むんっ」

幻夜斎は、いきなり、錫杖の先端を伽羅の胸の真ん中に突き刺した――ように

見えた。

が、実際には、錫杖は何もない空間を貫いて、鐶《かん》がしゃらりと鳴っただけである。

その時、伽羅の軀《からだ》は、泥蛞蝓の残骸から二間《にけん》半ほど上の太い木の枝にあった。一瞬のうちに、そこまで跳躍したのである。

「どうじゃ、傷の具合は」

幻夜斎が尋ねると、

「はい、頭領。塞がっております」

そう言って、伽羅は地上に降り立った。幻夜斎の前に、片膝をつく。

彼女の右太腿《ふともも》には、白い傷痕があった。毒薬で動けなくなった南条大輔を犯しながら殺そうとした時、逆襲されて骨膜に達するほど斬り割られた傷である。

しかし、斬られてから、まだ三日半ほどしかたっていないのに、それは古傷のように見えた。

「斗狩忍法、泥眠《でぃみん》の術。見事に効果があったな」

「ありがとうございます。普通の治療ならば、このように体術を使えるようになるまで、どんなに早くても一月はかかったでしょう」

術者は、曼荼羅華《まんだらげ》など数種類の薬草の汁を練りこんだ泥の上に横たわり、竹筒で呼吸だけを確保して、その全身を泥で覆ってもらう。そのまま、呼吸の間隔を百数える間に一呼吸にまで落として、準仮死状態となる。そして、全ての生命活動を傷の回復のみに集中させるのが、泥眠の術なのだ。

その術によって、伽羅の創傷が八十時間ほどで、完治したのだった。無論、目覚めると同時に獣のように動けるのだから、鍛え抜いた忍び者にしか施せぬ超回復法である。

幻夜斎は、竹の水筒を伽羅に手渡した。伽羅は、その水を喉を鳴らして飲む。もう少ししたら、内臓が勢いよく活動して、濃縮した毒素をたっぷり含んだ小水を排泄することになるだろう。

「伽羅よ、よく承《うけたまわ》れ」

水を飲み終えるのを待ってから、幻夜斎は言った。

「そなたが眠っている間に、渋畝《しぶね》が死んだ」

「えっ」

「走六たちもだ。血戯隷《ちざれ》は、ひどい失敗をしでかしたので、わしが直々に成敗した」

「では、残ったのは……」

「闇の世界に名を馳せた斗狩衆であったが、今は無念にも、わしとそなただけよ」

「むむ……あの南条大輔めが、それほどの者とは」

伽羅は唇を噛む。

「そなたも失敗の責任をとらねばならぬ。わかるな、伽羅」

「はいっ、頭領」

伽羅は叩頭《こうとう》して、

「例の術にて、必ずや大輔めを地獄送りに致しまするっ」

「うむ。そなたの女忍としての実力は、わしも評価しておる。それゆえ、成敗せなんだのだ」

幻夜斎は、ゆっくりと頷いて、

「さて、状況を教え聞かそう。藤丸君《ぎみ》の一行が、昨日の午後に出発して、今、中山道から甲州街道を通って江戸へ向かっておる」

「江戸で何か」

「藩主の大河内和泉守が卒中か何かで危篤なのだ。それで、大慌てで、嫡子が将軍家に拝謁しようというわけよ」

「では大輔は行列の供の中に」

「ところが、依頼主の仙波殿の策が当たって、彼奴《きやつ》は、まだ白馬領を出ておらん」

「南条家の屋敷でございますか」

「いや、いや。これが何と――」

幻夜斎は仙人のような顎髭を扱いて、

「評定所裏の岩牢の中に、な」

# 第七章　大菩薩《だいぼさつ》峠

## 一

目を覚ましてから、すでに一昼夜が過ぎている。

南条大輔《だいすけ》は肌襦袢《はだじゅばん》一枚の姿で、岩を刳《く》り抜いた座椅子のようなものに座らされ、左右に伸ばした丸太のように太い腕を鉄環と鎖で岩壁に固定されていた。

岩椅子の中央は万年溜《だめ》の深い穴になっていて、下帯《したおび》を剝ぎ取られた彼は臀《しり》が剝き出しの状態だから、大小の排泄は垂れ流しというわけだ。

そこは、白馬《はくば》領において最も重罪の科人《とがにん》を幽閉しておく、岩牢である。科人は座したまま動けないので、通称を〈達磨《だるま》牢〉ともいう。

大輔の目の前にあるのは、縦横に組まれた頑丈そうな太い格子。その向こうが、洞窟の出入り口だ。出入り口の外は、目付の役宅を兼ねた評定所の裏庭である。

今、その裏庭は夜の闇に包まれて、母屋《おもや》の有明行灯《ありあけあんどん》の洩れた微光が、ほんのりと淡く見えるくらいだ。

岩山の裾にある天然の洞窟の奥に、その石牢は造られている。白馬藩の藩祖・斉政《なりまさ》は、その石牢を利用するために、この洞窟の前に、わざわざ評定所を建てたのだった。

大河内家《おおこうちけ》が、この白馬領の藩主となった時代には、まだ荒々しい戦国の余燼《よじん》が燻《くすぶ》っており、藩政上、このような過酷な牢獄を必要としたのであろう。

大平の世となってからは何十年も利用されていなかった達磨牢なのに、大輔は、百合姫《ゆりひめ》様付きの奥女中を無理矢理に凌辱《りょうじょく》したという無実の罪で、ここに拘禁されているのだった。

昨日の午前中、目付補佐役の依田平八《よだへいはち》の口車に乗った大輔は、評定所の控えの間で出されたお茶を飲み干したあたりで、意識を失ってしまったのである。

眠りから覚めて見ると、この岩牢に閉じこめられており、外は夜になっていた。

無論、藤丸の一行は、とっくに出立した後である。

白馬藩目付役・下川太左右衛門《たざえもん》は、配下の依田平八ともども、逆臣の仙波頼母《せんばたのも》の一味だったのだ。

「お目付殿、薬を用いて騙し討ちとは、それが武士のやることか。なにゆえに、正々堂々の取り調べを行わんのかっ」

吠えても叫んでも、牢番の男たちは、小馬鹿にしたように嗤うばかり。食事は一日に二度、牢番が牢の中に入ってきて、粥と水を与えるだけである。

大輔は、よっぽど断食《だんじき》してやろうと思ったが、ここから脱出した時のために体力を温存しようと考えて、籠の鳥のように木匙《きさじ》で餌を与えられる屈辱に耐えた。まさに臥薪嘗胆《がしんしょうたん》である。食事を拒否して脱水状態に陥ったら、どんな豪傑でも肝心な時に闘えないからだ。

目付や平八はともかく、幼なじみの楠本徳之介《くすもととくのすけ》まで逆臣の仲間だったのかと思うと、悔しさと寂しさが同時にこみ上げてくる。

軀《からだ》を動かせないのと同じくらい、蒸し暑さや湿気や蚊の群れにも閉口するが、そんなことよりも、若君の安否が気がかりだった。

(まだ、斗狩衆《とがりしゅう》が藤丸様《ふじまる》を狙っているはずだ……負傷したとはいえ、三弦《さんげん》の伽羅《きゃら》や無音鉄砲の奴もいることだし……藤丸様のお側に寄れる浅路《あさじ》殿と御家老だけでは到底、防ぎ切れまい)

無論、大輔は、鬼砲《きほう》使いの血戯《ちざれ》隷が頭領の幻夜斎《げんやさい》に成敗されたことも、伽羅が泥眠《でいみん》の術で完全回復したことも知らなかった。

これも大輔は知らされていなかったが――事件を知った島沢忠広《しまざわただひろ》は、大輔の無実を証明しようと随分と骨を折ったのである。

しかし、喉に懐剣を突き立てた〈被害者〉の佐和野《さわの》は、命こそ取り留めたものの失血がひどく、とても事情聴取のできるような容態ではない。

そんな状況では、国家老といえども忠広が独断で大輔を放免することは、難しかった。そんなことをすると、平八が口実にしたごとく、佐和野の肉親が仇討ちを言い立てて、大輔が警護する若君の行列に斬りこむおそれすらあるのだ。

さらに、お嘉世《かよ》の方《かた》が御国御前《おくにごぜ》の権威を申し立てて、「家老殿は、百合姫に仕えし忠実な女中に押して不義を仕掛けた無法者を、解き放てと申すのか」と金切《かなき》り声を上げげた。

そして、奥用人の仙波頼母も、「そのような疑惑のある者を御行列に加えて、もしも大目付の知るところとなり、若君の将軍家拝謁に差し障りでもあったら、御家老は何とされるのか」と王手をかけてきたのである。

そこまで言われると、忠広は、大輔の放免を断念せざるを得なかった。

しかし、「この事件の裁きは、若君の家督相続が無事に決まって、わしが帰国してからの事とする。もしも、その時までに大輔の身に何かあったら、目付たるその方《ほう》にきっと責任をとらせるぞ」と下川太左右衛門に釘を刺すことは忘れなかった。

　この忠広の言葉がなければ、大輔は達磨牢の中で、毒を飲まされるか餓死させられるか、そのどちらかであったろう。

　最初の夜、太左右衛門の案内で、達磨牢の大輔の惨めな姿を見物に来た二人の人物がいた。仙波頼母と艶《あで》やかな格好のお嘉世の方である。

「おお、くさいこと。鼻が曲がりそうじゃ。国家老の犬めは、まことに下品なにおいがする」

　扇で鼻を隠したお嘉世の方は、三十半ばとはいえ、さすがに美貌の百合姫の母親だけあって、その色香に衰えはない。成熟しきった毒婦だけが持つ、妖艶で危険な美しさだ。

　その隣の肉饅頭のような仙波頼母が、

「藤丸君は、江戸までの道中の間に必ず、急死なさる。必ずな。そうすれば、殿の末期《まつご》養子は、百合姫様の入り婿の松平和豊様となるように、わしが江戸藩邸の者どもに根回しをしておいた」

奥用人は胸を張って、尊大な態度になった。

「そなたは、百合姫様が婿を迎えて、わしが白馬藩の事実上の藩主となるまで、この岩牢の中で虫けらのように生かしておいてやろう。そして、無事に姫様の祝言《しゅうげん》が済んだ時に、引き出物代わりに素っ首を刎《は》ねてやるわい。はははは」

頬の肉を揺らしながら、毒々しく嗤ったものだ。

その二人を見つめていた大輔は、何か妙な既視感のような感覚に襲われたが、それが何なのか、はっきりしない。

雑念を払うように頭を振った大輔は、臍下《せいか》丹田《たんでん》に気合をこめて、

「お嘉世の方様と御用人様に申し上ぐる。いかに奸智を張りめぐらそうとも、人道を外れた行いが成就するものか。巧詐《こうさ》は拙誠《せっせい》に如《し》かず――というではないか。天は決して不義不忠をお許しにはならぬぞ」

視線で射殺そうとするかのように、二人の悪党を睨みつける。

「主家の乗っ取りを企《たくら》むような不忠の犬、忘恩の徒は、地獄の業火《ごうか》に永遠に焼かれるであろう」

「ほほほ。負け犬の遠吠え、引かれ者の小唄とは、まさに、このことよな。処刑の日まで、せいぜい達者で生きておるがよいぞ」

上機嫌で洞窟を出てゆく、お嘉世たちであった。

（女狐と醜悪な豚め……今に見ておれっ）

そいつらの後ろ姿を睨みながら、大輔は改めて、岩牢からの脱出の意志を固めたのである……。

「――さて」

洞窟の外の気配を探った大輔は、静かに、両腕に力をこめた。みしっ……と岩盤が軋《きし》む。

脱出不可能といわれている達磨牢だが、大輔は牢番が近づかない時を見計らって、昨日から何度も、こうやって鎖を引っぱっている。

何とか鎖を千切って、深夜のうちに密かに脱出するのだ。いくら逆臣の一味とはいえ、できることならば、脱走の際に牢番や目付同心たちを殺傷したくない。

その時、大輔は洞窟に近づく足音を聞いた。牢番の見廻りの時間ではないはずだが、大輔は頭を垂れて眠ったふりをする。

足音は、ひたひたと洞窟の中まで入って来た。鎖を切ろうとしたのが発覚したのか――と大輔の首筋が緊張した。

「おい、大輔――」

聞き覚えのある声に、顔を上げた大輔は、あっと目を見張った。

二

「そんなに擦ると、因幡の白兎みたいに体中が赤剝けになりゃあせんか、大輔」

「はっはっは。汗むさい軀《からだ》で若君にお会いするわけにはいかんからなあ」

月光の下、小川の水で何度も肌を浄めながら、全裸の大輔は笑った。

土堤《どて》の上でその大輔を眺めているのは、大きな風呂敷包みを脇に置いた楠本徳之介である。大輔を達磨牢から救い出してくれたのは、この徳之介であった。

徳之介は、最初の夜に牢番たちに酒を飲ませて、その隙に牢と鉄環の鍵の型を粘土で取った。そして、丸一日かかって、見事に二本の合鍵を造り上げたのである。

元々、武芸の方はさっぱりだが、細工物造りにかけては才があり、普段から「俺は長男でなければ、職人の親方の家に婿養子に入りたいくらいだ」とぼやいている徳之介であった。ただし、道場仲間からは「そいつは、親方の家に美人の娘がいる場合だろう」と笑われていたが。

牢の鍵を開けて中へ入った徳之介は、左右の鉄環の鍵を外しながら、

「済まん、大輔。俺は本当に、お主のためを思って依田殿に協力したのだ。だが、御家老の用人の佐伯殿から詳しい事情を聞いて、評定所の奴らが逆臣の手先だと初めて知ったんだよ」

「お主は昔から、騙されやすいところがあったからなあ」

「構わんから、間抜けと言ってくれ。よし、外れたぞ」

徳之介が手を貸して、軀の節々が固まったようになってしまった大輔を立たせる。

「そっと、ここから出よう。お主の旅装一式は、外に用意してある」

「おお、忝《かたじけ》ない」

こうして大輔と徳之介は評定所を脱出して、わざと白馬街道へは出ずに、別方向の東へ半里ほど走った。

そして、相葉村の外れの水車小屋の中で、大輔は握り飯を頬張って腹を満たしてから、小川で水浴びをしているというわけだ。垂れ流しの状態だったので、下半身に泥をなすりつけて特に丁寧に洗う。

土堤に上がると、ざっと水気をふきとってから、大輔は下帯《したおび》を締めた。衣服を

着こむと、大刀と脇差を腰に落とす。

「うちの土蔵にあった刀で、無銘《むめい》なんだが」

「いや、悪くない」

試しに抜刀して、月光に刃《やいば》を透かし見るようにしてから、大輔は言った。納刀して、

「しかし、お主に迷惑がかからんかな」

「なに、俺が破牢《はろう》の手引きをしたという証拠はないし、万一の時には、佐伯殿が庇《かば》ってくれることになっている」

「それなら良いが……」

「大輔」

徳之介は目を潤ませて、

「罠にかける手伝いをした俺を、心配してくれるなんて……お主という奴は本当に……」

「馬鹿、泣く奴があるか。男が泣いて良いのは、お袋様が亡くなった時だけだっ」

自分も涙ぐみそうになって、大輔は、あわてて顔を背けた。

「この財布に、路銀が三十両入っている。いや、案ずるな。俺の金ではない、佐

伯殿からの預かりものだよ。こっちは、島沢家の若党という名義の道中手形だ」

「おう。これは助かる」

「しかし、御行列が出立してから、すでに一日半にもなる。追いつけるか、大輔。御行列も、一日で十数里という強行軍らしいぞ」

「すると――」

大輔は素早く暗算をして、

「中山道を下諏訪宿から甲州街道へ入って、御行列は今、上諏訪か金沢あたりかな。まあ、街道を不眠不休で駆け抜ければ、甲府の手前くらいで追いつけるだろう」

「まあ、お主のことだから大丈夫か。では、俺は、この肌襦袢《はだじゅばん》を方向違いの鈴懸《すずかけ》山《やま》の麓の藪にでも捨てておくから」

「頼む。目付の追っ手が、俺が山奥に逃げこんだと思ってくれれば、時間が稼げる」

「兄上や早苗《さなえ》様のことも、心配するな。本当に破牢には関わっておらんのだし、佐伯殿も絶対に南条家には手出しさせぬと言っておられた」

「うむ。それだけが気がかりだったのだ」

大輔は安堵した。これで、憂いなく精一杯、若君のために働ける。

「大輔……若君をお護りして、無事に戻ってきてくれよ」

「お主も……気をつけてな」

二人の男は、がっしりと手を握り、万感の想いで見つめ合った。そして、徳之介は汚れた大輔の肌襦袢を手にして、走り去る。

その後ろ姿を見送った大輔は、長い吐息を洩らしてから、

「――待たせたな」

水車小屋の裏手の木立の方へ向かって、そう言った。

ややあって、その繁みの蔭から、坊主頭の人物が姿を見せる。刀腰女《とうようめ》の吹雪《ふぶき》であった。

黒の単衣《ひとえ》に青灰色の袴という姿の吹雪は、切れ長の両眼に鋭い殺気を漲《みなぎ》らせて、無言で大輔と対峙する。

「よく、徳之介が去るまで潜んでいてくれた。まずは、礼を言っておこう」

大輔は、評定所を脱出した時から、何者かに尾行されてると知っていたのだった。

「馬鹿な。余計な者に邪魔されたくなかっただけだ。貴様との勝負を、な」

吹雪は冷たく言い捨てる。

「百合姫様も御用人様も、貴様と勝負することは許さぬとおっしゃる。あまりにも勝負のことを言い立てたために、私は姫君の御不興を買い、屋敷での謹慎を申しつけられた」

「……………」

「しかし……貴様を斬らねば、私の兵法者《ひょうほうしゃ》としての意地が立たぬっ」

「それで、達磨牢に押し入る機会を狙っていたのか」

大輔は、感心したというような口調であった。

「何とか、牢番どもから鍵を手に入れる方法はないかと考え、評定所の周囲を徘徊しておったところ、楠本徳之介の姿を目撃してな。後は、貴様らが破牢して人けのない場所に行くのを尾行してきただけだ」

「それほど、俺に敗れたのが口惜しいか」

「無論だ。そ、それに……」

急に、吹雪は顔を赤くして、

「あのような醜いもので、百合姫を瀆《けが》しおって……許せるものかっ」

百合姫が茶室に大輔を呼び入れて、淫事に耽《ふけ》ったことが、同性愛者の吹雪には我慢ならぬことなのだ。

醜いものとは、無論、女子《おなご》の股間には存在しない肉根のことであろう。

「ああ、俺の水浴びを見ておったのか」大輔は微笑して、

「のう、吹雪。きっと、女には女同士の、男には男同士の良さがあるのだろう。だが、男が女器を求め、女が男器を求めるのは自然の摂理ぞ」

「言うなっ」

吹雪は、大刀を引き抜いた。

「抜け、南条大輔。今宵《こよい》こそ、一刀両断にしてくれるわっ」

「是非もないか」

大輔も抜刀した。正眼に構える。両者の距離は、五間《ごけん》ほどであった。

吹雪は、右八双《はっそう》に構える。城内の奥庭で大輔に刀身を折られて敗れた時と、同じ構えだった。

そこに、吹雪の兵法者としての意地が見える。同じ構えで対峙して、今度こそ大輔に勝つという決意だろう。

「む……………」

大輔が眉間に皺を寄せたのは、吹雪の闘気が先夜よりも充実していたからであ

る。前回は、大輔を侮《あなど》っていたがために、かえって心気が乱れたが、今は、本当に勝負に没入しているのだった。

半歩、前へ出た大輔が、「えいっ」と気合を迸《ほとばし》らせると、これを受けて吹雪もまた、「おうっ」と応じ、半歩前に出る。

両者の剣気が、濃厚に周囲に立ちこめた。

ややあって、大輔の剣が上段に移る。まるで、どこからでも斬りこめといわんばかりだ。

だが、吹雪の顔に怒りの色はない。右八双から右脇構えへと転じると、だーっと一気に間合を詰めた。

「とぉっ」

風を巻いて斬り上げた吹雪の剣と振り下ろした大輔の剣が、がっと火花を散らして嚙み合う。

吹雪は、ぱっと斜め後方へ跳ぶと同時に、左手で脇差を逆手《さかて》に抜いた。飛び退《さ》がりながら、大輔の右の小手《こて》を斬り落とそうとしたのだ。

しかし、大輔は軀《からだ》を開いて、その脇差をかわすと、左だけで大刀を片手突きに繰り出す。

「あっ」

着地直後に胸元に剣尖《けんせん》が伸びてきたので、避けようとした吹雪は、体勢を崩した。単衣の襟を斬り裂かれて、臀餅《しりもち》を突いてしまう。

その頭上に、大輔の刀が振り下ろされた。

受ける間も、避ける暇もない。

「う……」

反射的に閉じそうになった瞼《まぶた》を、強烈な意志の力で押し上げて、吹雪は、相手の刃を凝視する。たとえ、頭を両断されるとも、その瞬間を見ていたかったのだ。

「──勝負あったっ」

刀腰女の頭から五分ほど手前で大刀を停止させて、大輔は言った。さっと退がって、納刀する。

「斬れっ」

吹雪は、悲鳴のように甲高《かんだか》い声で叫ぶ。

「敵に情けをかけられてまで、生きていたいとは思わぬ。今すぐ、私の首を打てっ」

「いや」と大輔。

「どんな兵法者でも、死の寸前に自分を断ち割る刃を見続けているのは容易ではない。生死の岸をも越えたお主の覚悟、いや、南条大輔、感服致した」

「だ、だが……私は敗れたのだぞっ」

「勝負は時の運。もしも、次に立合う機会あらば、敗者は俺の方かも知れぬ」

「……」

「女の身で、よくぞ、そこまで修業したな。元より体格で劣る女が、男に勝つためには、男の何倍も努力せねばならなかったろうに」

男装の美姫、藤丸もそうであった——と大輔は思う。

「だが、その厳しい修業の末に会得した剣技を、お主は、百合姫の命で罪無き者を殺《あや》めることに用いた。それゆえ、お主の剣は邪気で汚れてしまったのだ」

「…………」

「邪《よこしま》なる剣は、決して正道の剣には勝てぬ——これは、俺の恩師である尾崎先生のお言葉だ」

それを聞いて、吹雪は、がっくりと肩を落とした。

「私は……今更、百合姫様の下《もと》にも戻れぬ。私は、どうすればよいのだ……」

「己《おの》れで決めるがよい。それほど剣を極めておれば、自身の所行を見つめることもできるはず」

大輔は編笠を手にして、

「自刃《じじん》も一つの手だろう。だが……無辜《むこ》の人々を手にかけたことを本当に悔やむ気持ちがあるのなら、仏門に入って死者の菩提を弔《とむら》うという道もあると思うがな」

徳之介に貰った三十両から十両を分けて懐紙に包むと、大輔は、

「どこへ行くにしても、旅費は必要だろう。とっておくがいい」

それを、吹雪の手に握らせる。

「では、さらばだ」

「……待って」

吹雪は、踵《きびす》を返して歩き出そうとした大輔の袴にすがりついた。今までとは別人のように、弱々しい表情になっている。

「いえ、お待ちになってくださいまし」

「どう致した」

「あの、あの……」

見下ろす大輔の視線を浴びると、吹雪は顔を伏せて、

「お別れする前に、今までのご無礼のお詫びとして……兵法者ではなく、一人の

女として……ご奉仕させてくださいまし」

耳朶《じだ》まで真っ赤になって、呟《つぶや》くように小さな声で言った。

三

水車小屋の窓から、斜めに月光が射しこんでいる。

「ああ……大輔様……」

衣服をつけたままの大輔の前に、全裸の吹雪は跪《ひざまず》いていて、彼の股間に顔を埋めていた。袴の無双窓を開いて、そこから男根を引き出して、咥《くわ》えているのだった。

「と…殿方のものを口にするのは、わたくし、初めてですので……技の拙《つたな》きは、お許しくださせい」

血管が浮き出している茎部に熱心に唇と舌を這わせながら、青頭の刀腰女《とうようめ》が詫びる。

「何の、良い気持ちだ」

そう言って、大輔は吹雪の頰を撫でてやった。男のやさしさに感激した吹雪は、さらに熱心に舌先を使う。

そそり立つ巨砲だけではなく、吹雪は、その根元に鼻先を埋めるようにして、

「これが、殿方のにおい……」

重い玉袋までも、舐めしゃぶる。

男の軀《からだ》に触れることさえ初めての吹雪だが、百合姫を愉しませるために、男女の淫事に関することはかなり勉強した吹雪である。だから、男の生殖器への愛撫法にも通じているのだった。

吹雪は、袋の中の瑠璃玉の片方を口腔内に含んで、

「ん……ぅんん……」

舌で転がしたりする。その強弱をつけた口淫の術は、かなり達者なものであった。

おそらく、大輔が二度目の性交から巧みに女体を攻略できたのと同じように、吹雪もまた、兵法者《ひょうほうしゃ》としての高い技能が、そのまま愛撫の巧みさに通じているのだろう。

「吹雪、そのようにされると、俺は果ててしまう」

「どうぞ。大輔様の精でしたら、わたくし、一滴残らず嚥《の》ませていただきます」

欲望と情愛に濡れた瞳で大輔を見上げて、吹雪は言った。

「それも良いが、できれば、そなたの中で果てたい。立つのだ」

藤丸の身を護るために、なるべく早く出発したいのだが、捨てたはずの女心に目覚めた吹雪をも傷つけたくない大輔であった。

「は、はい……」

恥じらいながら、吹雪は立ち上がった。女にしては上背があり肩も張っているが、巨漢の大輔の前では、小娘と大差がない。

左腕で隠した乳房が小さめなのは、胸の筋肉が発達しているからだ。無駄な肉がなく、少年のように引き締まった肉体である。右手は、秘部を隠していた。

大輔は、吹雪を抱き寄せて、その唇を吸う。接吻の方法は、男女でも女同士でも変わらぬから、吹雪は積極的に舌を絡めてきた。

（ほほう……）

大輔が感心するほど、舌の愛撫が上手い。

禁欲していた者なら、この接吻だけで即座に精を放ってしまうのではないかと思われるほど、情熱的で官能的な舌使いであった。

その間に、大輔の右手が臀の割れ目から蟻の戸渡りを経《へ》て、女華に達する。

（む……恥毛がない）

大輔は訝《いぶか》った。生まれつきの無毛者かと思ったが、前の方から撫でると、花裂の周囲の肌に毛根のざらつきは感じられる。

「……驚かれましたでしょう」

接吻を中断して、吹雪は言った。

「剃っているのでございます。姫様が……あの……舐めるのに都合が良いからとおっしゃって……」

羞恥にまみれて、身を捩りながら説明する刀腰女であった。

「なるほどな。では、見せてもらおう」

「そ、それは……」

「女になる前のそなたを、この目で確かめておきたいのだ」

「はい……」

吹雪は蚊の鳴くような声で、

「お気の済むまで……ご覧になってくださいまし」

両手を後ろに回して、顔を背けた。今度は、大輔の方が、彼女の前に片膝をつく。

草叢《くさむら》のない女神《ヴィーナス》の丘は、毛根が透けて青みがかって見えた。充血した花弁が、わずかに口を開いている。

赤っぽい花弁はよく発達して、肉厚で長めであった。男根の挿入も射精という終局もない女同士の蜜戯においては、花弁への愛撫がかなりの比重を占めるからであろう。

その奥から湧き出した透明な秘蜜は花園から溢れて、太腿《ふともも》の内側までも濡らしている。

大輔は、そっと花園に唇をつけた。

「あァァっ……大輔様っ」

吹雪は目を閉じて、喘いだ。

大輔の舌は花園の中を舐めまわし、丸めた舌先が花孔の奥にまで侵入する。男の舌の厚と動きは、女同士のそれとは違うらしく、吹雪は「そんな、そんなことを……」と戸惑ったように呟《つぶや》く。

やがて、大輔の肩に両手の爪を立てるようにして、

「堪忍して……もう…駄目になってしまう……」

「よし、よし」

大輔は立ち上がると、彼女の腰を掴んで、軽々と持ち上げた。そして、袴の無双窓から雄々しくそそり立っているものの先端を、熱く濡れそぼった花裂にあてがう。

斜め下から、一気に貫いた。

「――――アアアっ！」

処女の扉を引き裂かれた吹雪は、弓のように背を反らせる。その時には、大輔の巨砲はその根元まで、深々と刀腰女の秘肉の奥深くに没していた。

彼女自身は見ることができないが、結合部には鮮血が滲んでいる。傷ついた括約筋が、大輔の極太の肉柱を、きつく締めつけていた。

「辛い思いをさせて、済まなかったな」

優しく大輔が言うと、吹雪は健気《けなげ》にも首を横に振って、

「い、いえ……吹雪は幸せでございます」

大輔の太い首に両腕を巻きつける。そして、長い足を大輔の石臼のように逞しい腰に絡ませた。紙一枚の隙間でさえも恐れるように、ぴたりと男の軀に密着する。

筋肉質の臀《しり》の双丘《そうきゅう》を、大輔は両手で鷲摑みにした。腰をやや落とし気味にして、

膝の屈伸で突き上げる。

対面立位――いわゆる駅弁ファックの態位であった。

女同士の淫戯で肉体は成熟しきっていたから、破華の激痛が治まると、吹雪は乱れた。

生まれて初めての男の象徴がもたらす悦楽に、正気を失ったようになる。

「このような快味があるなんて……ひっ……巨《おお》きい、巨きすぎるぅぅぅっ」

充分に翻弄《ほんろう》してから、大輔は、中指の先を刀腰女の後門に差し入れた。

「んあァっ！」

瞬間的に、吹雪は達した。

大輔の指を喰いちぎらんばかりに、後門括約筋が強烈に締めつける。同時に、花洞の内襞《うちひだ》も絞り上げるように男根を締めつけていた。

仁王立ちのまま、大輔は勢いよく放った。しがみついた吹雪の秘肉の奥に、男の精を大量に叩きつける。

余韻をじっくり味わってから大輔が結合を解くと、吹雪は再び跪いて、

「浄めさせていただきます――」

聖液と破華の血と秘蜜で汚れた男根に、恭《うやうや》しく舌を使う……。

四

「……ん？」

白馬藩藩士の一人が、飯椀を手にしたまま、ふと顔を南側の庭へ向けた。

「三味線の音《ね》だな。通りの方からかな」

南条大輔が評定所の岩牢から脱出した翌日の夜――甲州街道の三十六番目の宿駅、石和宿《いさわ》であった。笛吹川の東にあって、人口は一千人以上、戸数は百五十ほどの中規模の宿場である。

その本陣の大広間で、藤丸の行列の藩士たちが遅い夕食を摂っていた。

「いや、母屋《おもや》の裏手の方ではないか。なかなか上手な弾《ひ》き手だ。あれは、きっと女だな」

「さぞかし、色っぽい女だろうよ」

「いずれにしても、馬子唄《まごうた》しか聞こえないような信濃の田舎とは違って、江戸が近くなると、何というのか、気分がぐっと粋になるのう」

「昨日の花は今日の夢ェ、今は我身にイつまされてェェ……となｊ」

お世辞にも上手とは言い難い調子っ外れの喉で『明烏《あけがらす》』の一節を唸《うな》る者がいて、周囲から笑い声が上がった。

連日の強行軍に疲れ切っていた一同は、ささくれ立っていた感じが、ほっと寛いだ雰囲気になる。強行軍というだけではなく、途中で暴れ牛が行列に飛びこんできたり、崖の上から巨石が落ちてきたりと、危険続きの道中なのだ。

すると、急に、風流な三味線の音色《ねいろ》が乱暴に掻き鳴らすような異様な調子に変わった。

その不吉な音色に、皆が訝《いぶか》しげに顔を見合わせていると、

「あ、あれは？」

庭に近い場所に座していた藩士が、悲鳴のように叫んで立ち上がった。自分の膳を、引っくり返してしまう。

彼の指さす方向を皆が見ると、庭に褐色の川のようなものが、月光に照らされてぬらぬらと流れているではないか。それは何と、夥《おびただ》しい数の蛇であった。

「蝮《まむし》だっ」

クサリヘビ科に属する蝮は日本中に棲息しているから、甲斐国の石和にいても不思議ではない。しかし、それは、無数といってもよいほど多くの蝮の群れであ

った。

何処《いずこ》より出現したものか、全身の鱗《うろこ》を光らせながら、庭を横切り大広間の方へと這い進んでくるのだ。先頭の集団は、すでに沓《くつ》脱ぎ石から縁側へと達している。

「退《さ》がれ、退がるのだっ」

「狼狽《うろた》えるな。三尺以上離れておけば、蝮は何もせんはずだっ」

みんなは膳を蹴っ飛ばしながら、あわてて大広間の反対側や隣の座敷へと逃げた。しかし、蝮の群れは執拗に人間のいる方へとやって来る。

体長は二尺から二尺半くらいだ。蛇類独特の、むっとするような生ぐさい臭気が、あたりに漂う。

大広間の隅に追い詰められた一人が、

「ええい、くそっ」

脇差を鞘《さや》ごと帯から抜いて、その鐺《こじり》で蝮を払い飛ばした。すると、他の蝮どもが一斉に、その藩士に飛びかかる。

「うわあっ」

顔面といわず首筋といわず手といわず足といわず、その藩士は、軀《からだ》のあちこちに毒牙を突き立てられた。脇差を放り出して、嚙みついた蝮を引き剝がそうとする。

が、踏みつけた蝮に滑って、毒蛇の群れの中に倒れてしまった。たちまちのうちに四方八方から押し寄せた蝮の波が、すぐに、その藩士を覆い尽くしてしまう。

「…………っ！」

何とも形容しがたい絶叫が上がった。

ただ一つだけ群れの中から突き出していた左腕が、がっくりと力を失って、倒木が底なし沼に沈むように、蛇どもの渦に呑まれてゆく。

蝮には人間を即死させるほど強力な毒はないはずだが、全身を噛まれた衝撃で心臓が停止したのであろうか。

その同輩の無惨な最後を見た藩士たちは、パニック状態に陥った。

「逃げろ、噛まれたら死ぬぞ、逃げろっ」

「馬鹿者、若君を護るのだっ」

「助けてくれぇ！」

「追い散らせ、畳をかぶせて踏みつぶせっ」

「わっ、こっちへ来たっ」

「お、俺の足が……ぎゃああっ！」

藩士たちが逃げ惑うと、毒蛇の群れは台所や奉公人の部屋の方まで広がってゆく。

「むむ、何とも奇っ怪な……」

大混乱となった本陣の中、上段の間にいるのは藤丸と国家老の島沢忠広、乳母《めのと》の浅路の三人だけであった。

不思議なことに、この上段の間にだけは、蝮は入ってこない。しかし、次の間にも廊下にも毒蛇は溢れているから、どこかに避難することも不可能だった。

「若君、お動きなさいますなっ」

忠広は、羽織を脱ぎ捨てて、脇差を抜いていた。右手には燭台《しょくだい》を持ち、蛇が押し寄せてきたら、蠟燭《ろうそく》の炎で焼くつもりである。

しかし、一匹や二匹ならともかく、大群となって這い進む蝮を蠟燭一本で撃退できるとは到底、思えない。

「ご、御家老様、どうしたらよいのでしょうっ」

真っ青になって震えながらも、気丈に浅路は問う。その背後で、藤丸は声もなく、おののいていた。

「むむ……そうだ、煙草だっ」

忠広の顔に喜色が広がった。

「たしか、蛇は煙草の脂《やに》を嫌うというぞ。わしの煙草入れが、どこかに……」

それを捜すよりも早く、不吉な三味線の音が、こちらへ近づいてくるのが聞こえた。

はっと見ると、北側の庭にいる蝮の群れが二つに割れて、ちょうど参道のように地面の見えている場所ができる。

その蛇無し道を、一人の鳥追い女が三味線を掻き鳴らしながら、こちらへとやってきた。その三味線の胴の皮は、不気味な銀色をしている。

「おのれは、斗狩衆か！」

鳥追い女は、編笠を毟《むし》り取るようにして投げ捨てると、にやりと嗤った。

「あたしの名は伽羅。三弦の伽羅という」

「この蝮を操っているのは、貴様だな」

「そうとも。斗狩忍法、蛇海《じゃかい》の術という。琉球にしかいない猛毒の銀波布《ぎんはぶ》の皮を張った蛇皮線《じゃびせん》の音色で、可愛い蝮どもを自由に操ることができるのさ」

三弦という渡世名《ふたつな》の由来は、大輔を襲った三本の鉄爪だけではなく、この蛇皮線をも指すのであろう。

「さて、と」

とーんっ、と蛇皮線の胴を叩いた伽羅は、右手を懐《ふところ》に入れて草履《ぞうり》のまま上段の間に上がり、

「そろそろ、若君様のお命を頂戴しようかねえ」

「此奴《こやつ》っ」

島沢忠広は、燭台を投げつけた。伽羅は、懐から抜き出した苦無《くない》で、無造作に払い落とす。

その隙に、忠広が脇差で斬りかかった。それをかわしつつ、伽羅は、逆手《さかて》に構えた苦無で、忠広の左肩を斬り裂く。

「うっ」

脇差を取り押して、忠広は倒れた。

「御家老様っ」

浅路は懐剣を抜いて、勇敢にも伽羅に突きかかった。しかし、伽羅は、その腰を蹴飛ばして、

「みっともないねえ。二人揃って、年寄りの冷や水ってやつだ。そこで若君がくたばる姿を、見物しているがいいや」

邪悪な微笑を浮かべて、床の間の前の藤丸の方へ向き直る。その藤丸は刀も抜かずに、腰を抜かしたような格好で震えていた。

「む……お前は…」

伽羅が眉をひそめると、いきなり、彼女の背後の畳が空中に躍り上がった。木《こ》っ端微塵《ぱみじん》になった床板とともに、大きな黒い影が飛び出してくる。吹っ飛ばされた高麗縁《こうらいべり》の畳は、庭へ転げ落ちた。

「あっ、貴様は⁉」

伽羅が愕然としたのも道理、それは旅姿の南条大輔であったからだ。

「大輔っ」

「大輔殿っ」

忠広と浅路は、地獄で仏に逢ったような表情になる。

「評定所の岩牢に捕らえられているはずの貴様が、どうして、ここに……」

「それらは、こちらの言うことだ。そなたに俺が浴びせた一太刀《ひと》は、手応えからしても、決して三日や四日で治るような浅手ではないはずだが……もしや、忍び者の術には医術も含まれているというのか」

「死にゆく身でその答えを知っても、無駄であろうよっ」

伽羅は後ろへ跳び退がりながら、苦無を投げつけた。無論、大輔は抜き打ちで、それを弾き飛ばす。

瞬時に間合いを詰めて、伽羅に向かって斬り下げた。が、伽羅は高く跳躍して、その一撃をかわし、隅の長押に乗ってしまう。

格《ごう》天井に頭をつけるようにして、蛇皮線を構えると、毒々しい嗤いを浮かべた。

「いくら名人達人といえども、飛びかかってくる百匹千匹の蝮の全てを斬り殺すことはできまい。今度こそ、全身を嚙まれて蛇毒で悶え死ぬがよいわ」

大鮫の歯で作った撥《ばち》を、一の糸にあてがう。

その瞬間、ぴーんっ、と一の糸が切れた。続いて、二の糸、三の糸も切れる。さらに、黒檀の棹も真ん中から割れた。

大輔の刀は、伽羅が飛び上がる寸前に、その棹と糸を切断していたのだった。

「しまった、こ、これでは蛇どもがっ」

焦る伽羅に向かって、大輔は、柱に突き刺さっていた苦無を引き抜いて、手裏剣に打った。

「わっ」

右腕を苦無で貫かれた伽羅は、蛇皮線ごと下へ無様に落ちる。その鼻先に、一匹の蝮が這い寄ってきた。

「く、来るなっ」

伽羅は慌てて、役に立たぬ蛇皮線を左手で握ると、その蝮を叩き潰す。それが合図だったかのように、周囲の蝮どもが女忍めがけて、ぬらぬらと這い進んできた。

「やめろ、誰かっ」

助けて――と叫ぼうとした口の中へ、飛びかかった蝮が頭を突っこんだ。

そいつを引きずり出す暇もなく、耳に首に胸に手に足に、次々と蝮どもが嚙みついた。激痛のあまり横倒しになった伽羅の軀に、さらに多くの蝮が襲いかかる。

「………っ！」

自分自身が一匹の大きな蛇体であるかのように、関節の物理的な限界を超えてあらゆる方向に身をよじりながら、伽羅は悶え苦しんだ。胸元や膝前が乱れて、白い太腿《ふともも》やその奥の部分までも露出する。

激痛のあまり、喰いしばった歯が口の中の蝮を嚙み千切った。そして、ついに、

「と…頭領………」

ほとんど聞こえないほどの声で短く呟《つぶや》いてから、その術の名の通り、蛇の海の

中で動かなくなる。無惨な死に様《ざま》であった。

「御家老、傷は」

大輔は、忠広と浅路の前に片膝をついた。

「何の、かすり傷じゃ」

まだ出血している傷口を右手で押さえながら、忠広は強がりを言う。

「あの女忍は因果応報だが、この蝮どもも、どうしたらよいかな」

「ご心配なく。術の張本人が息絶えた今となっては、それ、あのように――」

大輔に促されて伽羅の死骸の方を見ると、蝮たちは夢から覚めたように、わらわらと庭へと戻ってゆくではないか。

本陣のあちこちから這い出した毒蛇の群れは、憑《つ》きものが落ちたように、月光を浴びながら庭の潜戸《くぐりど》から外へと去ってゆく。

残された女忍の死骸の顔からは、生前の色香が消え失せて、無念の形相《ぎょうそう》のまま青黒く変色していた。

「浅路様も、大丈夫ですかな」

「大事ありませぬ。大輔殿、本当によく助けてくださいました」

浅路は、涙すら浮かべていた。手早く自分の肌襦袢《はだじゅばん》の袖を引き裂いて、忠広の傷の包帯代わりにする。

「実は、わたくしは、お行列に途中で追いついたのですが、破牢の身としては迂闊《うかつ》にご挨拶もしかねまして」

「そうだったのか」

「で、お行列を追い越し先に石和宿に着いて、この本陣上段の間の床下に潜んでおったのですが……不眠不休で追いかけてきたものですから、死んだように眠りこけてしまいました。わたくしが、もう少し早く目覚めておれば、犠牲を出さずに済んだものを……」

「いや、よくやってくれた。お主がおらねば、我らは全滅していたかもしれぬ」

「そうでございますよ、大輔殿」

慰めてくれる忠広と浅路に、大輔は岩牢脱出の経緯を手短に説明してから、

「ところで、御家老。あの者は？」

未だに腰を抜かしている〈藤丸君〉の方に、目をやった。

「うむ。あれは、甲府で興行していた旅役者でな」

「ば、阪東常若《つねわか》と申します……これをご縁に、どうぞご贔屓《ひいき》にィ」

震えが止まらぬまま、常若は芸人根性を発揮して、いつもの営業上の挨拶をす

る。

島沢忠広は苦笑して、

「化粧をすると、あの通り、藤丸君によく似ておる」

「影武者というわけですか」

「途中で何度か敵に襲われてな。このままでは江戸まで辿り着けないかもしれぬと思い、あの者を雇ったのだ」

「すると、本物の藤丸君は」

「甲府の先の酒折《さかおり》で、お別れした。青江と佐久間の両名を護衛として、完全な微行《しのび》で青梅街道から江戸へ向かっておられる」

江戸開府の時に、江戸城の白壁を塗るために大量の石灰を必要とした。

多摩の山奥には、北条家の遺臣たちの村があり、彼らは月氏《げっし》堊焼法《あくやきほう》という秘伝を用いて石灰を生産していた。大久保長安は、これを御用石灰として買い上げ、江戸へ運ぶための街道を開いた。

これが御白土《おはくど》街道である。その後、青梅を通るように順路が変更されて、青梅街道と呼ばれるようになった。

その青梅街道は、さらに西へ延びて、甲府の手前の酒折で甲州街道と結ばれたのである。甲州裏街道とも呼ばれていた。

「三人だけで青梅街道ですか」

「際どい賭けとは思ったが、青梅街道なら甲州街道よりも二里は短いからな。ご身分に似合わず藤丸君は健脚であらせられるし、途中に難所があっても、だからこそ敵の目を誤魔化せると判断したのじゃ」

「すると、今夜の内に武州へ」

「うむ。夜旅で大菩薩峠を越えるはずだ」

「大菩薩峠……」大輔は膝を叩いて、

「御家老、そこですっ」

「ん、何がだ？」

南条大輔は立ち上がった。

「先ほど、その女忍が今わの際《きわ》に申した頭領なる者、必ずや、大菩薩峠で藤丸君を待ち伏せしますぞ！」

# 第八章　魔人哄笑《こうしよう》

## 一

「何だ、何だ。まだ往生しないのか、その女は」

囲炉裏の前の甚五左《じんござ》は、湯呑みの濁酒を飲み干して、後ろを振り向く。

「へっへっへ。この無駄に抵抗するのを、じわりじわりと仕留めるのが、手籠《てごめ》の醍醐味ってやつでな」

板の間に女を押さえつけている芸州が、卑《いや》しい笑いを浮かべた。髭達磨《ひげだるま》のような顔をしている。

「やだっ、やめてっ」

それは、二十二、三の百姓女であった。甚五左、芸州、それに半次郎の三人組が、今日の夕刻に麓の村を襲って攫《さら》ってきた、戦利品なのである。粗末な衣服が乱れて、静脈の透けた大きな乳房が丸見えになっていた。

喰い詰め浪人の彼らは、石丸峠の近くの薪《たきぎ》小屋を根城にして、大菩薩《だいぼさつ》連嶺を荒らしまわっている山賊なのであった。〈山狼《やまおおかみ》〉と呼ばれている。

ちなみに、大菩薩峠の南方にあるこの峠は、本当は〈石魔羅〉と表記するのだが、品がないというので〈石丸〉となったのだという。

「ええい、まどろっこしいな」

左目に刀の鍔《つば》の眼帯をした半次郎が、いきなり、拳骨で女の右頬を殴りつける。女の首は、反対側の床板に凄い勢いで叩きつけられた。

脳震盪《のうしんとう》を起こしたのか、女は動かなくなった。口の端から、血が細く流れ落ちる。

「ん？」

芸州が、その頬をぴたぴたと叩いてみたが、女は目を開かない。喉元に二本指をあてがった芸州は、舌打ちして、

「くたばったぜ。首の骨が折れたらしい」

色黒の甚五左が苦笑いをした。

「半次郎は手加減がないからのう」

「ふん。これで、どうとでも好きなように料理できるであろうが」

半次郎は、五合徳利の濁酒《にごりざけ》を湯呑みに注いだ。

彼らは三十代半ばで、どいつもこいつも荒んだ悪相の持ち主である。何の罪もない女が死んだというのに、蠅を叩き潰したほどの感慨もないのだ。

「馬鹿を言え。いくら、わしでも、屍姦《しかん》するほど育ちが悪くはないぞ」

芸州は囲炉裏の前に座って、竹串に刺して炙っていた山鳥を手にした。かぶりついて、ばりばりと骨ごと嚙み砕く。

芸州は綽名《あだな》だからともかく、甚五左と半次郎が本名かどうか、お互いに知らない。ひょっとしたら、本人にも、わからなくなっているのかも知れない。

それほどに、悪事の泥沼の底を散々に這い回ってきた男たちであった。

「お主、まだ侍根性が抜けておらんのか」と甚五左。

「浪人どころか山賊にまで堕《お》ちた我らに、育ちも氏素性《うじすじよう》もあるものか。いつか死神にご対面するその日まで、好きなことをやって生きてゆくだけさ」

「まあ、それはそうだが……」

指先の脂の汚れを垢じみた袷《あわせ》の襟で拭きながら、芸州が何か言い返そうとした、その時、

「――三十両」

いきなり、土間の闇の奥から声がした。

「誰だっ」

三人とも、さっと刀や手槍を引きつけて、声のした方を見る。

闇の奥から、ぬるりと姿を現したのは、白髪と顎髭を長く垂らした不気味な瘦身《そうしん》の山伏。

いつから、そこにいたのか、誰も気づかなかった。まるで、甚五左が口にした死神のようであった。

「ほっほっほっ。誰でもよい。お主たちに三十両という大金をくれてやろうという、奇特な者じゃよ」

「一人、十両か。只《ただ》でくれる気ではあるまい。俺たちに、何をさせようというのだ」

油断なく大刀の鯉口《こいくち》を切って、甚五左が問う。悪党中の悪党である三人組でも、この老人の正体だけは見当もつかなかった。

「話が早いのう」

山伏の姿をした斗狩衆《とがりしゆう》頭領の幻夜斎《げんやさい》は、満足げに頷いて、

「斬ってほしい相手がおるのだ。その者の名は――」

これが、石和宿《いさわ》で三弦《さんげん》の伽羅《きやら》が南条大輔《だいすけ》に敗れたのと、ほぼ同時刻であった……。

二

ざわざわと原生林が鳴っている。栂《つが》や樅《もみ》の枝が、強い風に揺すられているのだ。

藤丸《ふじまる》と青江又市、佐久間源左衛門の三人は、月光さえ遮る原生林の暗闇の中を歩いていた。

木の根っこだらけの山道だが、提灯《ちようちん》だと遠くからでも目立つので、火縄だけを明かりにしている。

時刻は子《ね》の中刻《ちゆうこく》――午前零時近い。

「若君、お疲れではございませんか」

火縄を回しながら先頭をゆく青江又市が、藤丸に聞いた。

「うむ、平気だ」

そう言った声には、疲労が滲んでいる。

「この森を抜けた先に神成岩《かみなりいわ》、そのまた先が賽《さい》の河原とも呼ばれる大菩薩峠でございます。峠には交易用の小屋があると、先ほどの為八《ためはち》とかいう者が申しておりました。そこで、一休《ひと》みいたしましょう」

為八というのは、麓の村の住人で、藤丸たちを途中まで案内してくれた四十男だ。大菩薩峠は難所なので、東と西から荷を担いだ商人が上ってきて、その小屋で取引をするのだという。

「わしは休まなくても、平気だ」

頑固に、藤丸は言い張る。南条大輔以外の家臣に、弱みを見せたくないのだろう。

もっとも、藤丸の心の中では、正確には大輔は家臣ではなく、旦那様であるが……。

「いえ、若君。実は、拙者どもも、いささか疲れを覚えております。大菩薩峠は、上って下って八里とか。峠は、上りよりも下りの方が辛く、また足を痛めやすいと申します。一休みさせてくださいまし」

源左衛門よりも年長の又市の方が、なかなかに言葉巧みであった。

「そうか。お前たちが疲れたというなら、仕方がない。その小屋で暫時、休もう」

まだ強がりを言っている藤丸だが、さすがに、ほっとした様子であった。

「ありがとうございます。何しろ、江戸まで、まだ三十里ほどもございますからなあ」

源左衛門も、そう言い添える。

主従がそんな会話を交わしているうちに、ようやく原生林が切れて、いっぺんに視界が広がった。

遮蔽物《しゃへいぶつ》がなくなったので、強い夜風が彼らの肌を直撃する。

中天には満月が出ていた。その青白い月光が、東南に向かって伸びるなだらかな下りの稜線を、幻想的に照らし出していた。

標高は二千メートル。今は、右を見ても左を見ても、黒々とした山影が夜の底に沈んでいるだけだ。

だが、晴天の時であれば、右手には赤石山脈や富士山、八ヶ岳などが、左手には秩父の山々が展望できるという。

稜線から露出している巨大な岩尾根は、神成岩と呼ばれている。

かつては、塩山《えんざん》にある神部《かんべ》神社の山宮が、この岩尾根に建てられていたので、「神の成る岩」という名称になったという。その山宮に祀られていた十一面観音菩薩座像は、今は本殿に降ろされている。

眺望が良いということは、四方八方どこからでも藤丸たちが見えるということだから、又市は火縄を消した。

熊笹の原の中を、三人は東南方向へ下ってゆく。

この辺りは、初夏まで雪が残っているというが、さすがに今は雪も氷もない。その代わりに、道に小石が多いのには閉口する。

強い風に、汗で濡れた軀から体温が奪われるのを感じた。藤丸の前髪が風に嬲《なぶ》られ、袴の裾がうるさいほど翻《ひるがえ》る。

妙見の頭という峰を過ぎると、笹原が終わって両側が緩やかな斜面の草原となった。

「あの小屋ですな」

又市が、数十メートル先の建物を指さした。源左衛門が小手《こて》をかざして、

「囲炉裏があると、ありがたいのですが」

「冬にも使う小屋だからな。囲炉裏くらいはあるだろう」

又市が答える。自然と、三人の足取りが速くなった。

草のない広場に、小石というよりも岩に近い大きさの石が無数に転がっていた。

まさに、賽の河原という名にふさわしい。それが、大菩薩峠である。

昼間に見ても荒涼とした風景だろうが、真夜中に月光に照らし出された大菩薩峠は、千尋の海の底のように森閑として、その不気味さを増していた。

小屋から少し離れたところに、岩を積み上げた一丈ほどの高さの塔がある。遭難者か行き倒れでも弔《とむら》うための塔であろうか。

屋根板に石を乗せた小屋に、源左衛門が近づいて、

「やれやれ。まずは火を——」

入口の板戸に、手をかけた。その瞬間、板戸越しに槍穂《やりほ》が突き出された。

「わっ」

とっさに、源左衛門は後ろへ跳ぶようにして、臀餅《しりもち》をついた。そのまま板戸の前に突っ立っていたら、槍先が胸を貫いて背中から飛び出していたであろう。

傷は浅かったものの、それでも源左衛門の胸元に血が流れ出す。

「何奴《なにやつ》っ！」

又市と藤丸は抜刀した。ほぼ同時に、入口の板戸を蹴倒して、三人組の山賊が飛び出してくる。

手槍を構えているのは、芸州。半次郎は大刀、甚五左は黒い革鞭を構えていた。

「お前たちは一体……？」

斗狩衆とは思えぬ三人に、藤丸は大刀を正眼に構えながらも、訝《いぶか》しげな表情になる。又市に助けられて、源左衛門も何とか立ち上がり、大刀を抜いていた。

「はっはっは、我等は山狼。大菩薩峠の山に巣くう狼よっ」

甚五左が嗤った。芸州が、槍をしごきながら、

「そこの若造の首を獲れば三十両、名主の屋敷に押し入るよりも楽な稼ぎだぜっ」

「三人揃って、往生するがよいっ」

半次郎は大刀を振りかぶった。

仲間が手負いになっている以上、守勢にまわるのはまずいと考えた又市が、

「慮外者《りよがいもの》っ！」

自分から、芸州の方へ打って出る。

「とおっ」

芸州は、さっと槍を回して、又市の刃を引っ払った。さらにその流れで、石突の方で又市の脛《すね》を払おうとする。

しかし、島沢忠広《しまざわただひろ》が藤丸の微行《しのび》の護衛に選んだ者だけあって、又市は手練者《てだれ》であった。その脛払いをかわすや、片手斬りで芸州の右腕を斬り裂く。

「うっ」

右腕から血を流しながら、芸州は左手だけで槍を持つと、頭の上で風車のように回転させた。

その間に、藤丸と半次郎は二度、夜の闇に火花を散らしながら、刃《やいば》を合わせていた。一方、毒蛇のように宙を飛んだ甚五左の黒鞭は、源左衛門の首に巻き付いていた。左手で大刀を構えた源左衛門は、

「むむ、む……」

右手で鞭を握って引き寄せ、自分の首が絞まらないようにしている。

「ちぇいっ」

半次郎が一気に間合を詰めて、右の脇構えから救い上げるように刃を振るった。

と、藤丸は彼が思いもかけなかった行動に出た。

高々と跳躍して、その一刀をかわすと、落下しつつ縦一文字に斬り下げたのである。

「うがァっ！」

胸元まで真《ま》っ向唐竹《こうからたけ》割りに断ち割られた半次郎は、満月に向かってどす黒い血柱を噴き上げた。

血を噴きながら、仰向けに倒れる。その右眼から急速に生気が失せて、水っぽくなった。

「半次郎――っ⁉」

それを視界の端に目撃した芸州は、仲間の名前を絶叫しながら、槍穂を又市の首筋めがけて叩きつける。

又市は、地面に片膝をついて、その一撃をかわす。頭の上を凄い勢いで槍穂が通過するやいなや、又市は、その姿勢から蛙のように芸州の懐《ふところ》へ跳びこんだ。

「……げふっ」

芸州の口から、血が溢れ出た。飛びこみざまに、又市の刀が彼の胴の真ん中を貫いていたからである。

「うっ」

わずかの間に二人の仲間を失った甚五左は、焦った。その隙に、源左衛門は大刀で黒鞭を切断する。

「あっ」

引き絞っていた鞭を斬られたために、甚五左は蹈鞴《たたら》を踏んだ。慌てて鞭を捨てると、腰の脇差を抜こうとする。

そこへ、素早く源左衛門が踏みこんで、横薙《な》ぎにした。

「がはっ……」

右脇腹を断ち割られた甚五左は、血と臓腑《ぞうふ》を撒き散らしながら、前のめりに倒れた。

三人組の山賊は、口ほどにもなく全員、藤丸たちに返り討ちにあったのである。

「二人とも、よくやった。頼もしいぞ」と藤丸。

「又市、源左衛門の手当をっ」

「はっ」

又市は、源左衛門を地面に座らせると、荷物の中から晒し布と傷薬を取り出す。

気丈に振る舞ってはいるが、さすがに生まれて初めて人を斬って、藤丸は動揺していた。刃の血脂を懐紙でぬぐう手も、震えている。

（ああ……こんな時に、大輔がそばにいてくれたら……）

恋しい男の面影を脳裏に浮かべて、藤丸が溜息《ためいき》をついた時、がらがらと異様な音が賽の河原に響き渡った。

例の岩積みの塔が、崩れたのである。そして、その中から起き上がった影法師
——山伏姿の斗狩幻夜斎であった。

「お、お前は……？」

その奇怪な伏兵に、藤丸たちは愕然《がくぜん》とする。

「初めて、お目通りをする」

錆びたような声で、幻夜斎は言った。

「斗狩衆の頭領、幻夜斎と申す……なに、藤丸君のお命を戴く者でござるよ」

「痴《し》れ者《もの》！」

立ち上がった又市が、憤怒《ふんぬ》の形相《ぎようそう》で斬りかかった。

が、幻夜斎の錫杖《しやくじよう》の先端が、ひょいと又市の胸に触れたと見るや、彼の軀《からだ》は弾かれたように三間《さんけん》も後方へ吹っ飛ぶ。

「又市っ」

「しっかりしろっ」

藤丸と源左衛門が、地面に倒れたままの又市に駆け寄った。後頭部だけは何とか庇《かば》ったが、背中と腰を岩だらけの地面で強打した又市は、呻《うめ》き声を洩らす。

「慌てるでない。この幻夜斎が直々に大名の嫡子のお命を戴くからには、それなりの礼儀と装束が必要であろう」

そう言いながら甚五左の死骸に近づいた幻夜斎は、何を考えてか、錫杖の石突を断ち割られた腹に突き立てた。そして、臓腑をこねるように、ぐいっと錫杖を回す。

「何をする。死者をいたぶるつもりか」

藤丸は叫んだ。自分の命を狙った憎い敵だが、死んでしまった今ではホトケである。その死骸を損壊するのは、外道の行いというべきであろう。

「く、く、く……黙って御覧《ごろう》じろ」

幻夜斎は悠然として、

「今から、二度とは見られぬ珍しきものをお見せするゆえ……」

口の中で、何やら呪文らしきものを唱え出した。すると――ちゅる、ちゅ、ちゅるる……と不思議な音が聞こえてくる。

「ああっ⁉」

藤丸と源左衛門は、その信じられない光景に、眦《まなじり》が裂けるほど大きく目を見開いた。

三

まさに、奇《き》っ怪《かい》至極というべきであろう。

甚五左の軀《からだ》の中から流れ出した赤黒い血溜まりが、まるで平べったい生きもののように地面を這い進んでいるではないか。

幻夜斎は、半次郎の両断された頭部にも、錫杖《しやくじよう》の石突を差し入れて、こねまわす。すると、呪文とともに、そいつの血も畳一枚ほどの大きさの軟体生物と化して、岩だらけの地面を這い出した。

「若君……我らは悪夢を見ているのでしょうか」

源左衛門が、喘《あえ》ぎながら言う。

「血溜まりが蛞蝓《なめくじ》か海月《くらげ》のようになって、動きまわるとは……」

「げ、幻術かも……」

ようやく軀を動かせるようになった又市も、あまりの怪奇さに蒼白になっていた。

「幻などではない」

芸州の血溜まりにも錫杖を突き入れて、幻夜斎は言う。

「ほれ、こうして——」

石突で、とんとんと足下の地面を叩く。

すると、三つの生きた血溜まりは、その音に惹かれたように、そこに集まってきた。そして、ちゅるり、ちゅるるる……と混ぜ合わさる。

醤油を入れすぎた煮こごりのように、かなり厚みのある血の塊ができ上がった。

「最後に、こうじゃ」

その生きた血の塊の真ん中に、がしゃり、と錫杖を突き立てる。口の中で不明瞭な呪文を呟《つぶや》くと、血の塊の一部が蛇の鎌首のように持ち上がって、錫杖に巻き付いた。

しゅるるる……と螺旋を描いて錫杖を上り、幻夜斎の右手に達する。その右手から腕を伝わって、血の塊は巨大な原生動物のように幻夜斎を覆い尽くした。

ちょうど〈工〉の字を逆さにした形に両眼と鼻と口の部分を露出させた以外は、幻夜斎の全身は指先までも血で覆われ、それが白い湯気を立てて急速に乾いてゆく。色も、赤黒いそれから鮮やかな真紅へと変化した。

ついに、斗狩衆の頭領の軀は、真紅の鱗《うろこ》に覆われた魚人類のようになる。その血の鱗の一枚一枚が、金属的な光沢を帯びて、月光を弾いていた。

「見たかっ」幻夜斎は誇らしげに叫ぶ。

「斗狩忍法の秘奥義《ひおうぎ》、血鱗鎧《けつりんがい》の術！」

「血の鎧だと……そんなものがあるものかっ」

立ち上がった源左衛門は、芸州の放り出した手槍《てやり》を拾うと、幻夜斎に駆け寄り、胸の真ん中めがけて穂先を繰り出した。

が、金属的な音とともに、槍穂は弾き返された。血の鱗の方には、全く傷がつかない。

凝固した血液に、それほどの強度があって良いものだろうか。

「むうぅ……そりゃっ」

手槍を構え直した源左衛門は、幻夜斎の喉仏のあたりへ、充分に腰の入った突きを繰り出す。

しかし、這いずりまわる血溜まりと同じくらいに不思議な現象が起こった。槍先が弾けるように割れたのである。

しかも、幻夜斎の頚部を覆った血鱗鎧には、やはり何の痕跡も残らない。仮に槍先を通さない強度があるとしても、喉を突いた勢いは消えないから後ろへ吹っ飛ぶはずなのに、鶴のように痩せた幻夜斎の五体は微動だにしないのだ。

「ははは。地獄の悪鬼に等しい極悪人の血を三人分集めて、それを身に纏《まと》うと刃《やいば》も矢玉も寄せつけぬ完璧な鎧となるのだっ」

幻夜斎が三十両を餌に甚五左たちを雇ったのは、藤丸を殺させるためではなく、彼らが返り討ちにあって殺されてもらうためだったのだ。その悪血で、究極の鎧を造るために。

三人組の山賊を「地獄の悪鬼に等しい極悪人」と呼んだ幻夜斎であったが、その幻夜斎こそは、悪鬼も顔を背ける外道非道の帝王であろう。

「それっ」

幻夜斎は無造作に、錫杖を横薙《な》ぎにした。

すると、錫杖に刃がついているわけでもないのに、源左衛門の胴が真っ二つに切断されたではないか。

「わ、若……っ」

かろうじて、その声を発しただけで、源左衛門の上半身は、ずしゃりと地面に落ちた。さらに、下半身も倒れる。双方の切断面から、血が流れ出した。

「源左っ！」

背中と腰の痛みも忘れて、跳ね起きた又市は駆け出した。同輩を惨殺された怒りをこめて、右肩に担ぐようにした大刀を、

「死ね、化物ォォ――っ」

幻夜斎の首筋へ、袈裟懸けに振り下ろす。だが、刃は地面に落ちた水柱のように砕け散った。

「むうっ」

大刀の柄《つか》を捨てた又市は、素早く脇差を抜きつつ、幻夜斎の右手首の内側を斬り上げた。しかし、その脇差の刃もまた、異様な金属音を立てて割れてしまう。

「無駄なことを」

錫杖の先端が、とんっと又市の額を突いた。すると、その頭が異様に膨れ上がった。

又市の頭蓋が、内側から破裂する。血と骨片が、周囲一間《いっけん》ほどの広さに、ばら撒かれた。

口から上を失った又市の軀は、ゆっくりと仰向けに倒れる。

「又市！　源左衛門っ！」

あまりにも無惨すぎる二人の家臣の死を前にして、藤丸は貧血を起こしそうに

なった。

真夜中の大菩薩峠、生きているのは藤丸と幻夜斎のみ。そして、幻夜斎を倒さない限り、藤丸の命は風前の灯《ともしび》なのである。

が、この血鱗鎧を装着した魔人を、自分の手で倒せるとは到底、思えない。

「藤丸君《ぎみ》……お覚悟はよろしいかな」

蔵の隅に追い詰めた鼠を嬲《なぶ》る猫のように、斗狩幻夜斎は言う。

「さあ、勇気を出して立ち向かいなされ。ひょっとしたら、その剣で、わしが斬れるかも知れませんぞ」

逆〈工〉の字の形の鎧の開口部の奥で、双眼が嘲《あざけ》りの色を浮かべた。

「く……」

無論、女の身でありながら藤丸は兵法者《ひょうほうしゃ》だから、大刀は構えている。

構えてはいるが、幻夜斎に斬りかかれば刃は砕けるし、あの錫杖が触れただけで、胴が両断され頭が吹っ飛ぶのだ。

どうやって、どんな方法で、この不死身の怪物を倒すことができるというのか。

「かかっておいでなされ。そちらが、かかってこぬとあらば……」

ひゅっ、と錫杖が振られる。

　機敏に藤丸は飛び退いたが、その胸元が鎌鼬《かまいたち》に逢ったかのように、すっぱりと斬り裂かれた。その下の白い晒し布までもだ。藤丸は、さっと左手で隠したが、

「おっ」

　泰然と構えていた幻夜斎が、驚きの目を見張った。

「その乳房……なるほど。若君が今まで将軍家との対面を拒否していたのは、そのような理由からか。若君ではなく、姫君であったとはのう」

　幻夜斎は興味深そうに男装姫を眺めていたが、すぐに両眼を底光りさせて、

「なれど、男だろうと女だろうと、どちらでも良い。斗狩衆の面目にかけて、その首、頂戴いたす！」

　藤丸は、己れが絶体絶命の窮地に陥ったことを知った。

（大輔……助けてっ！）

　斗狩幻夜斎は錫杖を構えて、一歩前へ踏み出した。その時、

「――――む？」

　眉を寄せて、幻夜斎は耳を澄ませた。藤丸も、それを聞いた。

　蹄《ひづめ》の音であった。藤丸たちが通り過ぎた北西の原生林の方から、疾走する蹄の音が聞こえてくるのだった。

「あれは……っ！」

原生林から神成岩の方へ黒い馬影が飛び出してきたのと同時に、藤丸は叫んだ。

その馬には、巨漢が乗っている。見覚えのある姿形《すがたかたち》だ。

「藤丸様ァっ！」

夜の闇すら叩き割るような大音声が、血臭渦巻く大菩薩峠に響き渡る。

「大輔――っ！」

藤丸も、喉が破裂しそうな声で叫んだ。

四

「斗狩衆、見参っ！」

片手綱《かたたづな》で馬を走らせながら、南条大輔は抜刀した。賽の河原に駆けこむと、右へ体重を移動させて、大刀を振るう。

刃と錫杖《しやくじよう》が嚙み合って、ぎゃんっ、と火花が散った。次の瞬間、馬の前肢が根本から切断される。

「おおっ」

前のめりに倒れる馬から、大輔は飛び出した。空中で一回転して、斜め前方に無事に着地する。

その時には、馬は二本の前肢だけではなく、その首までもが、幻夜斎の錫杖によって斬り落とされていた。

地響きを立てて、馬体が転倒し、夥《おびただ》しい血が地面に流れて湯気を立てる。残った後ろ肢を虚《むな》しく痙攣させて、石和宿で借りた早馬は息絶えた。

もしも、馬ではなく自分の足で走って藤丸たちを追っていたら、いくら大輔でも、この絶体絶命の危機に間に合うことはなかっただろう。

「藤丸様、ご無事ですかっ」

大輔は、左腕で男装姫を抱きしめた。

「大輔ぇ……わしは、わしは……」

涙に噎《むせ》んで、言葉にならない藤丸である。大輔は、幻夜斎の方を睨みつけて、

「お主が、斗狩衆の頭領だなっ」

「おうよ。ついに相《あい》まみえたのう、南条大輔」

斗狩幻夜斎は、じゃらん、と錫杖を鳴らして、

「この場に貴様が駆けつけたということは、石和宿で伽羅は死んだか」

「うむ。術が破れて、蝮《まむし》どもに嚙み殺された。敵とはいえ、不憫《ふびん》な死に様《ざま》であった」

幻夜斎は、わずかに眉をひそめる。

「よい。この幻夜斎が、これから貴様に倒された斗狩衆の仇討ちを為すのじゃ」

「人の道に外れた邪法を遣う者に、正道をゆく俺の剣が敗れるものかっ」

「ふ、ふ、ふ……威勢の良いことよ。それでこそ、殺し甲斐があるというもの」

「大輔、気をつけて。あやつは魔性の者じゃ。あの血鱗鎧は刀も槍も通さず、又市も源左も錫杖でやられたのだ」

「なるほど……」

大輔は、二人の同輩の酷《むご》い遺体に、わずかに黙礼してから、

「藤丸様、少し離れていてください」

「うむ……」

藤丸は素直に納刀すると、大輔の闘いの邪魔にならぬように、後ろへ退《さ》がった。

何も手出しせずに、幻夜斎が黙ってそれを眺めているのは、大輔を倒すことに揺るぎない自信があるからだろう。

「大輔、血反吐《ちへど》をはいて死ぬ覚悟はできたかえ」

「おのれらは、今まで、どれほどの罪なき者を殺《あや》めたのか」

大輔は、大刀を右八双《はっそう》に構えた。

「さて、とんと思い出せぬ」

小馬鹿にしたように、幻夜斎は首を傾《かし》げて、

「おそらく、両手両足の指を十回合わせても、まだ足りぬであろうなあ」

「そうか。では、今宵《こよい》こそ、その報いを受けるがよい」

じり……と大輔は前進した。足場が悪すぎるので、足の裏で這うように進む。

強い風が、地獄図のような凄惨な光景の賽の河原を吹き抜けてゆく。満月が出ているのに、遠雷が山々にこだましていた。

「間怠《まだる》いことよなあ」と幻夜斎。

「こちらから行くぞっ」

猛然と地を蹴って、四間《よんけん》の距離を一瞬にして詰めてしまう。まるで、岩だらけの地面を滑ってきたようであった。

額を狙って突き出された錫杖を、大輔は左へ引っ払った。転瞬、手首を返すと、幻夜斎の首を真横に薙ぐ。

歯の根が浮くような、奇妙な音がした。大輔の刃《やいば》は、幻夜斎の首に激突して、

そのまま動かない。

「っ!?」

斬れないのだ。

しかも、とてつもない衝撃を受けながら、幻夜斎の軀《からだ》は微動だにせず、首の骨も折れていない。物理的には、あり得ざる現象であった。

目の前にある幻夜斎の顔が、にたりと嗤った。

「むっ」

大輔はさっと一歩後退すると、大上段に振りかぶった刃を、山をも断つ勢いで振り下ろす。

斗狩幻夜斎は、かわすことも錫杖で受け止めることもしなかった。真紅の鱗《うろこ》で覆われた頭の天頂部に、大輔の剣が激突する。

きーんっ、と耳障りな音がして、折れた刃が飛んだ。鉄の塊にぶち当たったように、両手が痺れている。

柄を捨てながら、大輔が斜め後ろへ後退すると、

「わしの番じゃなっ」

幻夜斎が、錫杖を斜めに振るった。その先端は、大輔から二尺も離れていたの

に、大輔の左肩から血飛沫《ちしぶき》が飛ぶ。

「ば、馬鹿な……」

大輔は右手で、肩の傷口を押さえた。目眩《めくら》ましと思いたいが、左肩の激痛も右手を濡らす血も、全て現実のものであった。

「正道をゆく剣は邪法に勝つ——とか洒落たことを申したのう。それが、どうじゃ。貴様の剣は、ビードロ細工のように簡単に折れて吹っ飛んだわ」

「……」

「そこの二人とは違って、貴様には一瞬で絶命するような楽はさせぬ。嬲《なぶ》り殺しにしてくれよう。まずは、その立派な鼻を削ぎ落としてやろうかな」

「藤丸様っ」

幻夜斎から目を離さぬままで、大輔は脇差を抜きながら叫んだ。

「来てはなりませぬ。お嫁は、旦那様の言うことを聞くものですぞっ」

飛び出して加勢しようとした藤丸が、思い止まる気配があった。

しかし、大輔としても、何か勝算があるわけではない。脇差で斬りつけても、おそらくは、大刀と同じように、折れ砕けてしまうだろう。

大輔の心を読み取ったように、幻夜斎の笑みが残忍さを増す。

「では、鼻を貰うぞ――」

その刹那《せつな》、彼らの視界が真っ白になり、百の大太鼓を同時に打ち鳴らしたような大音響が周囲を圧した。大菩薩の山々が地震のように揺れて、びりびりと空気が振動する。

大音響と衝撃波は、賽の河原の北西――神成岩の方から来たようであった。

（落雷、か……？）

神成岩の方へ大輔が目を向けると、そこに想像を絶するものがあった。

「……っ⁉」

幅十尺ほどの卵を横に倒したような形の光の球が、そこにあった。中心部が黄色みを帯びた白色で、外側が青白く、しかも瞬《また》いている。

そして、そいつは地上一尺ほどの空間に浮いているではないか。じ、じっ、じ、じじ……と無数の油蟬が鳴いているような、耳障りな怪音を発している。

さらに、ゆらり……と回転しながら、緩い下り坂の稜線を、こちらへ転がってくるではないか。

「けっ」

大輔よりも先に、幻夜斎が動いた。その怪光球が何であれ、邪魔の入らぬうちに、今すぐ棒立ちになっている藤丸の命を奪おうとしたのだ。

「させぬっ」

大輔も、飛び出した。藤丸の前へ出ると、考えるよりも先に軀が動いて、脇差を投げつける。

血鱗鎧は、どこを斬って突いても、刃を全く通さない――はずであった。が、大輔の脇差は、鎧の唯一の逆〈工〉字型の開口部から幻夜斎の左目を貫く。

「うぎゃあっ」

さすがの幻夜斎も、悲鳴を上げて錫杖を放り出すと、身を捩《よじ》った。脇差の剣先は、脳をも貫通して頭蓋骨の内側にまで達したのではないか。

大輔が身を翻《ひるがえ》して藤丸に覆い被《かぶ》さるのと、転がり落ちて来た怪光球が幻夜斎に衝突するのが、ほぼ同時であった。

「〜〜〜っ！」

人間の声とは思えぬ絶叫を発して、幻夜斎は光の球に呑みこまれる。ばちっ、ばちばちっ、ばちっ……という数百本の生竹を一斉に縦に割るような破裂音が、大輔の耳を襲った。

「………？」

ややあって、大輔は顔を上げた。

見ると、すでに怪光球は消えていた。ただ、神成岩の方から尾根道を通って賽の河原から石丸峠の方へ、巨大な筆を引いたかのように、地面が黒く焼けただれている。

錫杖を構えたまま、幻夜斎は棒立ちになっていた。黒焦げになって皹割《ひびわ》れた血鱗鎧が、ばらばらと焼けただれた地面に落ちる。

その下の幻夜斎の肉体も、真っ黒に炭化していた。左眼窩《がんか》に突き刺さった脇差も黒焦げだ。が、白い歯が剝き出しになった魔人の口の奥から、

「お・の・れ……」

錆びた歯車の軋《きし》むような罵声が漏れる。錫杖が、ゆっくりと藤丸の方を向いた。

「御免っ」

とっさに、大輔は、藤丸の左腰の大刀を引き抜いた。一足飛びに幻夜斎の前に出ると、大上段から振り下ろす。

「がァ……っ‼」

魔人・斗狩幻夜斎は、南条大輔の剣によって、頭頂部から股間まで縦一文字に見事に両断された。

その切断面から、赤黒い砂のようなものが零れおちる。炭化した血液であろう。

そのまま、右と左に幻夜斎の半身は倒れる。魔忍者軍団の頭領は、ようやく、息絶えたのであった。

「大輔……何が起こったのだ」

藤丸が、夢から覚めぬような表情で訊く。

「わかりません……わかりませんが、わたくしは昔、尾崎先生に、広い野原や高い山の上で抜身《ぬきみ》を手にしていると雷が落ちる——と聞かされておりました」

「抜身に……」

「今、考えてみると、あの光る球は雷の塊のように見えたので、とっさに脇差は捨てるべきだと幻夜斎に向かって投げつけたようです。それが彼奴《きやつ》の眼を貫いて、雷を呼びこんだのでしょう」

大輔は、長い溜息《ためいき》をついて、

「脇差を手にしたままであれば、黒焦げになったのは、わたくしの方かも知れません。師恩とはありがたいもの。尾崎先生のおかげで、大輔は二重の意味で命拾いしました」

「勝ったのだな。やはり、正義の剣が邪法に勝ったのだな」

「はい、藤丸様」

「強くて優しいだけではなく、雷獣《らいじゅう》をも使役するとは、さすがに藤丸の旦那様だけのことはある。凄いな、本当にっ」

「雷獣……ああ、なるほど」

大輔は微笑した。

雷獣とは、古書に描かれた空想上の生物である。一般には、雷と一緒に天から落ちてきて、人間を傷つけ畑を荒らす鼬《いたち》のような生きものと思われていた。

たしかに、今の現象は、天から雷獣が降りて来て悪党を滅ぼした——と見えぬことはない。

ところで、生きもののように見える雷といえば、藤丸も大輔も知らなかったが——世界中で〈球電《きゅうでん》〉と呼ばれる奇現象が数多く起こっている。球雷《きゅうらい》ともいう。

それは雷とともに出現する火の玉のような物体で、地上三十センチくらいに浮いて、あちこちを飛び回り、触れた木や金属物を焼いてしまうというものだ。

たいていは、数センチから一メートルほどのものだが、中には小屋ほどもある巨大な球電も目撃されている。

一七五三年には、ロシアで物理学者が球電のために死亡している。一九七七年、ブダペストのガヤ山に出現した球電は直径五メートル、火花を散らして自転しつつ、岩肌を飛び跳ねながら二キロも落ちて、消滅した。

一九八六年四月には、ハンガリー第二の都市デブレツェンで、直径十メートルほどの土星のような輪を持つ球電が、空中を十分間ほど高速で飛行して消えた。同じくハンガリーのエゲル市近くの平野で、一九八九年五月、二十九歳の男性が内臓焼失によって死亡した。外傷はほとんどなく、男性の妻は、夫の上半身が球電に包まれたのを目撃している。

また、最近の例として、北京の製材所が球電のために全焼したという……。

「雷獣云々《うんぬん》は別としても、藤丸様が御無事で、ようございました」

「これで、わしの命を狙う者はいなくなったのか」

「そうです、刺客どもは全滅したのです」

左肩の痛みも忘れて、力強く大輔が頷く。

「すると、残っている問題は…」

藤丸が何か言おうとした時、びゅううっと強風が峠を吹き抜けて、月が蔭った。見上げると、墨汁を流しこんだように叢雲《むらくも》が空を走っている。

「いかんっ」

大輔は男装姫を軽々と抱えると、交易小屋へ飛びこんだ。
入口の引戸を閉じるのと同時に、盥《たらい》を引っ繰り返したような大雨が降ってくる。

# 第九章　白馬城《はくば》の花嫁

一

火の気もない小屋の中で、二つの裸体が激情を燃え上がらせていた。

「藤丸《ふじまる》様……藤丸様……」

「だ……大輔《だいすけ》ぇ……………あぁァん……んぅっ」

唇が、舌先が、指が、相手のあらゆる場所を這うように撫で、撫でるように這う。産毛の一本一本までも味わうように、丁寧に丁寧に舐め尽くす。

禁忌《きんき》はなかった。頭の旋毛から足指の爪に至るまで、互いの舌先の到達しない場所は、どこにもなかった。

外では嵐が吹き荒れて、大雨が小屋に叩きつけられ、凄まじい稲光が天を裂く。

乙女の最後の聖地である背後の門に、猛々《たけだけ》しいまでの男柱が没して、二人は完全に一体となった。

限りない愛情と優しさをこめて、大輔はその行為を完了させる。藤丸は、己《おの》れの肉体の最も深い部分で、男の命の滾《たぎ》りを存分に感じとった。

そのまま二人は、肌も肉も魂までも融合したかのように動かなくなる。

四半刻《しはんとき》ほどして、ようやく、風雨が治まった。雲が割れて、月光が小屋の中に射しこんでくる。

「大輔………」

男の左腕に頭を乗せた藤丸が、呟《つぶや》く。彼の左肩には晒し布が巻かれていた。

「わしは、本当に大輔と一緒になれるのだろうか」

「それは……」

南条大輔は返事に詰まった。

「仮に、父上の亡くなる前に将軍家に対面できて、嫡子として認められ、時期を見て病弱を理由に隠居したとしよう。その前に、養子を貰っておけば、大河内《おおこうち》家は安泰じゃ。だが……隠居したわしは、どうやったら、大輔のお嫁になれるのだ」

「………」

「それは、若隠居と護衛役という形のままで同じ屋敷に一緒にいることはできるだろう。皆の前で祝言《しゅうげん》を挙げたい――などという贅沢は言わぬが……でも、夫婦として暮らしていて、緑児《やや》ができたら……どうする？」
「難題ですな」
　実は、大輔も、それを懸念していたのである。不眠不休で行列を追いかけてい
る時に、その懸念は胸の奥で、どんど膨れ上がっていった。
「わしは、行列の駕籠の中で、それをずっと考えていた。浅路《あさじ》に手伝って貰えば、
何とか出産はできようが……その後は……いかにして、子を育てられようか」
「たとえ子を為さずとも、我らが長く一緒に暮らしておれば、藤丸様は自然と
女人《にょにん》の体つきになりましょう」
「うむ。それで、わしが女だったと周囲の者が知れば、どんなに口止めしたとて、
いつかは必ず御公儀の耳に入る。そうなれば、大河内家は破滅じゃ……」
　いつしか、藤丸は涙声になっていた。
「藤丸は武士の娘、大名の子じゃ。いくら大輔が愛《いと》しゅうても、己れの幸せのた
めに、家名を失い家臣一同を路頭に迷わせるようなことはできぬ……二人だけで
幸せになっても、それは本当の幸せではない」
「よくぞ、おっしゃいました」

感激した大輔は、一糸まとわぬ藤丸を抱きしめる。

「わたくしもまた、同じ思いでございました。藤丸様と一つになることですら、身に余る果報であるのに、それ以上の幸福を願って御家《おいえ》を危うくするのは、武士の道ではありません」

「一緒には……なれぬのだなあ……」

「来世がございます」

「うん、来世か」

大輔の分厚い胸に、藤丸は頰をこすりつけて、

「来世は、百姓の子でも町人の娘でも良い。大輔と夫婦になれるなら、どんな苦労も厭《いと》わぬ賢いお嫁になる。料理も、きっと覚える。だから必ず、生まれかわった藤丸を見つけてくれよ」

「見つけますとも、見つけずにおくものですかっ」

血が燃え上がった二人は、唇を合わせて激しく舌の交歓を行う。

ごろごろごろ……と遠雷が聞こえた。雷雲が遠ざかってゆくのだろう。

「あっ」

大輔は、いきなり上体を起こした。

「どうしたのだ、大輔」

これも躯を起こした藤丸が、心配そうに尋ねる。大輔は宙空を見据えて、

「そうか……うむ、その手があったか」

「大輔……？」

あまりの心労に頭に変調を起こしたのではないか、と藤丸は不安になった。

「藤丸様っ」

大輔は、団扇《うちわ》のように大きな手で男装姫の両肩を摑んだ。

「仮に、我らが別れて、若隠居の藤丸様がお一人で暮らされたとしても、何かのきっかけで女人であることが発覚するやも知れません」

何を興奮しているのか、早口でそう言った。藤丸は、憂《うれ》い顔で目を伏せて、

「そうじゃ。わしも、それを恐れている」

「ですが、わたくしは今……上手くいけば御家は安泰で、しかも我らが堂々と夫婦になれるであろう手段を思いつきましたぞ」

「まことかっ」

顔を上げて、藤丸も興奮した。頰が、熟れた林檎のように紅潮している。

「ど、どういう手段だっ」

大輔は、にっこりと笑うと、窓から晴れた星空を見上げて、

「――雷獣《らいじゅう》です」

二

二日後――藤丸一行が江戸へ到着すると、後架で倒れて一時は危篤状態だった大河内和泉守は、奇跡的に持ち直した。

それと入れ替わるように高熱を発して寝こんだ藤丸は、ようやく五日後に回復し、江戸城に登城して将軍に御目見得《おめみえ》することとなった。

国家老の島沢忠広《しまざわただひろ》と警護役の南条大輔の二人だけが、病み上がりの藤丸の随行をすることが許されていた。

「――信濃国白馬藩々主、大河内和泉が長子、藤丸にございます」

老中・田沼主殿頭意次《とのものかみおきつぐ》が、将軍に向かって言った。

江戸城本丸の大広間、その下段の間に、藤丸は平伏している。目の前には将軍への献上物の太刀と目録があった。不思議なことに、殿中だというのに藤丸は頭巾を被《かぶ》ったままだ。

中段の間にいるのが田沼主殿頭、十代将軍家治は上段の間の御簾《みす》の向こうにいて、こちらからは姿は見えない。

忠広と大輔は、下段の間の外、入側《いりがわ》に平伏していた。

よく晴れた日で、中庭の方から涼しい微風が大広間に吹きこんでくる。

「大河内藤丸は本日、上様に太刀献上のために参内いたしました。どのように致しましょうか」

嫡子認定のための決まり切った問答で、通常は、将軍に「その心がけ、殊勝である。大河内家の継嗣たることを差し許す」と言われて終わりになる——なるのだが、この時は、違った。上段の間の御簾の内から、

「主殿——」

「はっ」

「殿中《でんちゅう》にて、何故《なにゆえ》の被り物か」

家治が不審に思うのも当然で、諸大名でも旗本でも、頭巾で顔を隠して将軍の前に出たなどという話は聞いたことがない。

「はっ。事前に相談がありましたので、老中の一存にて許可いたしました。大河内藤丸、白馬領より江戸へ下る途中に落雷に遭い、面体《めんてい》に火傷の痕《あと》が残りたると

のこと。上様の前に出るには見苦しき有様ゆえに、被り物をしております」

「苦しゅうない。せっかくの対面ゆえ、被り物をとるように」

祖父の八代将軍吉宗から直々に帝王学を授かったという家治は、聡明と評判が高く、気さくな人柄であった。

「ありがたき、お言葉」主殿頭は一礼して、

「これ、藤丸殿。上様の仰せである。被り物を取るように」

「――はっ」

緊張しきった声で、藤丸が答える。入側の忠広と大輔も、全身が強《こわ》ばる思いであった。

今から、大河内家と大輔たちの運命が決まるのである。

上体を起こした藤丸は、ゆっくりと頭巾を取った。

「あっ」

九代将軍家重が「我が死後も意次を重用せよ」と遺言したといわれるほどの天下の器量人、老中兼側用人の田沼主殿頭意次が、思わず驚きの声を発した。

頭巾を取った藤丸の顔には、火傷の痕跡など全くない。生来の気品ある麗貌《れいぼう》に、真実の愛を知った柔らかさが含まれて、比類のない美しさですらある。

だが、月代《さかやき》を剃り髷《まげ》を結《ゆ》うべきその頭は、何と島田髷であった。未婚の娘が結う女髷である。

「その方《ほう》は、女かっ」

つい口にしてしまってから、主殿頭は、しまった――と臍《ほぞ》を嚙んだ。

大名の継嗣として認可してもらうために参内した男子が実は女だった――とは、徳川将軍の権威に関わる大変な不祥事、醜聞《しゅうぶん》である。

だからこそ、現時点では何事もなかったかのように取りはからって、後で大河内家に相応の処分を下すべきであった。それなのに、老中である自分の口から「女か」と言ってしまっては、もう誤魔化しようがない。

この場で、将軍家と幕府を侮辱した藤丸たちを成敗するしか、仕方ないではないか。

「畏《おそ》れながら申し上げます」

平伏したまま、そう言ったのは島沢忠広である。

「控えよ、上様の御前であるぞ。陪臣《ばいしん》の身で無礼はならぬ」

いかに、六百石の小禄から五万六千石の大名にまで成り上がり、身分家柄に関係なく有為の人材を採用するという柔軟な思考の持ち主である田沼意次でも、殿中大広間において忠広に勝手に発言させるわけにはいかない。

「いえ。藤丸様が女人《にょにん》に変成《へんじょう》したる経緯《いきさつ》、こちらに控えおります若君警護役の南条大輔めが一部始終を目撃しておりましたゆえ、説明させて戴きとう存じます」

「何っ、女人に変成いたした……だと？」

その時、上段の間の御簾が、するすると巻き上げられた。褥《しとね》に座して脇息《きょうそく》に肘を置いた家治の姿が、露《あら》わになる。

「ははっ」

主殿頭も藤丸たちも、慌てて平伏した。

家治は顎の張った立派な顔立ちで、父の家重よりも祖父の吉宗に似ていた。父と違って、剣術弓術だけではなく鉄砲術まで学んだ偉丈夫《いじょうふ》であり、さらに絵画の腕も確かという趣味人でもある。しばしば、自分が描いた画を御三家や要人たちに与えるほどであった。

「さだめし、何か深い子細《しさい》があってのことだろう。主殿、とにかく経緯とやらを聞いてみてはどうか」

自分が「経緯を聞こう」と決めてしまうのではなく、「聞いてみてはどうか」と老中に決定権を持たせて、その面子《めんつ》を立ててやる家治の気配りは、さすがであ

った。主殿頭も、その気配りに感謝しながら、

「上様の仰せである。南条大輔とか申したな。その方の目撃したること、話してみるがよい」

「はっ」

平伏している大輔は、さらに頭を下げると、

「まことにもって藩政、不行き届きのことながら、実は、白馬藩大河内家には獅子身中の虫、藤丸様の御命を狙う大悪人がおります」

「何だと」

発言を許可したものの、大輔が開口一番、とんでもないことを言い出したので、主殿頭は、また驚いた。

どこの大名家でもひた隠しにする御家《おいえ》騒動を、将軍と老中の前で公言するなど、とても正気の沙汰ではない。

しかし、国家老の島沢忠広の様子を見ると、これは驚いた風ではないから、事前に承知していたと見える。

「その大悪人は、斗狩衆《とがりしゆう》なる刺客を雇って、甲州街道を江戸へ向かう若君を何度も襲いました。それで、国家老の島沢様は一計を案じて若君の身代わりを立て、

本物の若君は二名の藩士に護られて甲州裏街道――すなわち青梅街道を、密かに旅していたのでございます」

「ふむ、それで」

次第に話に引きこまれてしまう、主殿頭である。

「ところが、青梅街道最大の難所である大菩薩《だいぼさつ》峠にさしかかるや、山狼《やまおおかみ》と呼ばれる三人組の山賊が、若君を待ち伏せしておりました。この山賊どもを雇いしは、斗狩衆の頭の幻夜斎《げんやさい》なる者。山賊どもは若君と護衛の二名の奮闘によって倒しましたが、その後に現れた幻夜斎は、刺客稼業を生業《なりわい》とするだけあって、まことに強敵。哀れ、二名の藩士は討ち死いたし、若殿の命も風前の灯《ともしび》となりました」

「ううむ」

「わたくしは石和《いさわ》宿から馬を飛ばして、この急場に何とか駆けつけ、幻夜斎と闘いました。しかし、敵はあまりにも強く、わたくしも一太刀浴びて、もはや最期と覚悟いたしましたところ――」

「いかがいたした」

そう発言したのは、家治だ。軍談を聞いている子供のように、目を輝かせている。

「はっ」

恐縮した大輔は、額を入側の板の間にこすりつける。家治は微笑して、

「構わぬ。直答《じきとう》を許す」

「上様からお許しが出た。大輔、お答えいたせ」

田沼主殿頭が促した。

「はっ」大輔は額を上げて、

「一天《いってん》にわかにかき曇り、凄まじい稲妻が走ったと見る間に……雷獣が出現いたしました」

「雷獣……そちは、目撃いたしたのか」

家治は、まじまじと大輔を見つめた。

「武士は怪力乱神を語るべきではないと存じますが、嘘偽《うそいつわ》りを申さぬのも、また武士の嗜《たしな》み。天地神明に誓って申し上げますが、わたくしめも藤丸様も、はっきりと見ました」

雷獣——すなわち球電《きゅうでん》の形状やその運動を、大輔は事細かに説明する。

「そして、その雷獣に呑みこまれて、かの幻夜斎なる者、黒焦げになって死亡いたしましてございます」

「たしかに、本当らしい話ではあるが……それが事実と証明できるか」

主殿頭は、ずばりと斬りこむ。

「畏れながら、これをご覧くださいまし」

忠広が、懐《ふところ》から文書を取り出して、

「大菩薩峠の麓にある小菅《こすげ》村の名主に、大輔めが峠の死体の埋葬を頼んだ時、その現場の惨状を詳しく書かせたものにございます」

小姓が進み出て、その文書を忠広から受け取り、中段の間の主殿頭に渡した。名主の爪印のあるそれに、さっと目を通してから、主殿頭は将軍の前まで膝行《しっこう》して、家治に文書を渡す。

家治は、時間をかけて、じっくりと文書を読んでから、

「ふうむ……焼けただれた尾根道と炭のように黒焦げになった死体……たしかに、その方の申した通りだな。大菩薩峠は雷の多い場所だが、唯の落雷なら、このような有様にはならぬ――とも書いてある」

「しかし、その雷獣と藤丸殿との関係は」

さらに、主殿頭は大輔を追求した。

「ははっ。御老中様には、変成女子《にょし》なるものをご存じでありましょうや」

「男に生まれついた者が、ある日、突然に女になってしまうことでございます。古書には、その逆の変成男子《なんし》というのもあって、これは女が男に変わるというもの。古書にも、明応年間、下野国足利の若い僧が、旅の途中に宿泊した家で一夜にして女人と変じ、その家の主の妻となって、子まで生《な》したと書かれております。また、海の向こうの唐土《もろこし》でも、後漢の時代に男が女になりたること、魏の時代にも女から男に変じた者が妻《めと》を娶り子を産ませた——との記録があるそうで」

「変成女子……」

変成は、〈変生〉とも表記する。

これは十一代将軍家斉の時代のことだが——寛政十年、尾州で二十二歳の百姓が男性に変化して、「人なみより大きなるものはへ申候」という事件があった。尾張藩の公文書にも「変生男子に相違無之《これなし》」とはっきり書かれている。

また、元南町奉行の根岸肥前守鎮衛《しずもり》が書いた『耳嚢《みみぶくろ》』第七巻、『変生男子亦《また》女子之事』という項目に、文化三年に肥前国天草郡大浦村で、二十六歳の娘が男子になったと書かれている。さらに、「下総国印旛郡大和田村喜之助と申者、廿才《にじゆつさい》の時男根変じて女根と成りし事を、郡代方を勤めし比聞《ころきき》し」ともあるのだ。

現代の医学的見地で考えれば、これらの例は、半陰陽として生まれた人物が、思春期を過ぎてから性ホルモンのバランスによって、男の肉体に、あるいは女の肉体に劇的に傾いた結果ではあるまいか。

「その方は大層、物知りだな」

主殿頭が感心すると、大輔は頭を振って、

「いえ。これは全て、我が剣の師である尾崎柳也斎《りゅうやさい》の受け売りにございます。師は若き頃に剣術修業のために各地をまわっており、越後の山奥の村で古老から変成女子の話を聞かされたそうです」

「ふうむ」

「今、申し上げた事例と同じように、藤丸様もまた、雷獣の妖気に当てられて、男子から女子に変化してしまったのでございます。この変成のこと、皆が口裏を合わせて、あくまで隠し通すこともできましたでしょう。なれど、御公儀を偽《いつわ》り、あまつさえ上様の御前においても男子を装い続けることは、不忠の極みと存じ、かように申し上げた次第にございます」

大輔が言い終わると、忠広が後を引き取って、

「家中不行き届きの果てに斯様《かよう》な事態に陥りましたること、真《まこと》に面目なく、藩主和泉守をはじめとする家臣一同、御公儀よりどのようなお裁きが下されようとも、

謹んでお受けする所存にございます――」

再び頭を下げた島沢忠広は、そのまま結果が出るのを待った。

賭けである。

藤丸が江戸へ向かう途中に何度か襲撃事件があったことは、調べればすぐにわかることだ。まして、石和宿での蝮《まむし》騒動は隠しようがない。すでに、大目付から老中に報告がされているかも知れないのだ。

で、あれば、最初から不祥事をあらさまにして、唯一点、藤丸が最初から女だったことだけを隠して雷獣を切り札にする――これが大輔の考えた策であった。成功すれば、大河内家は救われる。失敗したら、とりあえず、島沢忠広と南条大輔の両名は腹を切ればよい――その覚悟だ。

白馬藩上屋敷で結果を待っている藩主の大河内和泉守も江戸家老の笹山庄太夫《しょうだゆう》も、生きた心地がしないであろう。

「………」

田沼主殿頭は、まず、無言で家治の気色《けしき》をうかがった。十代将軍の顔には、怒りも不快感も現れてはいない。実に、興味津々という表情である。

「上様」

主殿頭は、それを呑みこんだ上で、

「変成とやらの真偽はともかく、女人の身で男と偽って登城いたしたること、また、藩内に不祥事のありしこと、許されざることと存じまするが」

「待て、主殿。その二点を自ら告白したるは、なかなか感心ではないか」

「はあ、ではございましょうが――」

「のう、藤丸殿」

先ほどから一言も発していない藤丸に、家治は話しかけた。

「男から女になった心持ちは、どのようなものか」

「はっ」

藤丸は叩頭《こうとう》する。

「言葉にいたしますのは、大変に難しゅうございますが……」

銀の鈴を鳴らすような涼やかな声で、

「例えて申しますならば、時が満ちて狭い蛹《さなぎ》の中から外界へ飛び出した蝶のような気持ちかと」

「ほほう。たしかに、美しい蝶ではあるな」

家治は、面白そうに破顔する。藤丸は頬を染めた。

「主殿よ」

「はっ」

「近年、六十余州では災害が続いているが、雷獣は天下静謐《せいひつ》の吉兆かも知れぬ。大河内家のことは、穏便に取りはからってはどうか」

「ははっ」

田沼主殿頭は、藤丸たちの方へ向き直って、

「上様、直々の思《おぼ》し召しにより、この度の不祥事は咎《とが》め立てせぬことになった。

藤丸殿の代わりになる養子は、なるべく早くに決めるように」

「はっ」

藤丸、忠広、そして大輔は、心の底から安堵して、再び叩頭した。

「藤丸殿」と家治は言った。

「そなたが蝶になった祝いに、余《よ》が絵を描いてつかわそう」

「ありがたき幸せ」

「画題は縁起物がよかろうな」

悪戯《いたずら》っぽい口調で、十代将軍は言った。

「どうじゃ、雷獣に蝶というのは――」

三

「これ、足元に気をつけるのだ」

　南条大輔は、藤丸の右手をとって、そう言った。

「大事な軀《からだ》だぞ。躓《つまず》いて転んだりしたら、何とする」

　新緑の萌える笹子の森であった。江戸城での将軍家との御目見得《おめみえ》から、一年近くが過ぎている。

　大輔は着流し姿で、腰には脇差のみ、右手に黒漆塗りの扇を持っていた。編笠は、森の入口近くの茶屋で待っている老僕の和助に、預けてある。

「大丈夫ですのに」

　十九歳の藤丸――いや、藤は、完全な武家の女の身形《みなり》になっていた。

　島田髷《まげ》ではなく、丸髷である。昨年の末に、南条大輔の妻になっているからだ。

　大輔は、その前に番頭《ばんがしら》として二百石を得て、兄の家から独立している。

　藩主の娘のままでは、大輔と身分に差がありすぎる。だから、まずは藤丸が国家老の島沢忠広の養女になってから、大輔は彼女と、ささやかな祝言《しゅうげん》を挙げた。

義姉《あね》の早苗《さなえ》は、祝言の最初から最後まで泣き通しだった。勿論、嬉し泣きである。

昨年の夏——藤丸君《ぎみ》改めの藤姫が、江戸藩邸から白馬領に戻った時には、奥用人の仙波《せんば》頼母《たのも》は一家揃って、とっくに姿を消していた。御国御前《おくにごぜ》のお嘉世《かよ》の方《かた》と百合姫《ゆりひめ》もである。

江戸藩邸にいた逆臣の一味が、藤丸暗殺の失敗を早馬か何かで国許に知らせたのであろう。

仙波頼母は、縄目の恥辱を受けて死罪になるよりは、汚職で貯めこんだ金銀を持って逐電《ちくでん》した方がまし——と判断したのに違いない。

お嘉世の方は剃髪して尼寺に入れば死罪だけは免れるだろうし、百合姫は御家《おいえ》乗っ取りの陰謀に直接は荷担していないから、逐電する必要はないはずであった。

無論、男遊びで無慈悲なことをしているが、それは大名旗本の姫君として他に例のないことではない。

ところが、島沢忠広の指揮で陰謀全体の取り調べが進むと、とんでもない事実が発覚した。月満ちて生まれたはずの百合姫を取り上げた産婆が、まだ健在で、「姫は一月ほど早産でした」と証言したのである。

受胎日を計算すると、その時、藩主の大河内和泉守は、まだ江戸にいたことになる。色々な証言を組み合わせると、百合姫の本当の父親は仙波頼母であったらしい。

道理で、藤丸と百合姫が少しも似ていなかったわけだ。

肉達磨《にくだるま》のような醜男の頼母であったが、それゆえにと言うべきか、研究熱心なのか凝り性なのか、閨房術《ぼうちゆうじゆつ》に非常に優れていたという。その高度な性技で、孤閨《こけい》を託《かこ》っていたお嘉世の方を籠絡《ろうらく》し、ついには自分の娘まで産ませてしまったのだ。

御家乗っ取りの陰謀も、藤丸を退《しりぞ》けて、自分の血が流れている百合姫の夫を白馬藩の藩主にしたい——という父親としての願望から起こったものであろうか。

父親が頼母なら、百合は姫様でも何でもないし、今まで和泉守を騙していたことになるから、どんな極刑を言い渡されるか、わからない。それで、二人とも姿を消したのであろう。

評定所の岩牢に閉じこめられた時、お嘉世の方と仙波頼母が並んでいるのを見た大輔が、奇妙な感じを覚えたのは、百合姫の面差《おもざし》がどこか頼母と似ていたためだろう。

大河内和泉守も島沢忠広も、あえて、頼母一派の徹底的な粛正はしなかった。

無論、頼母の陰謀に荷担した者は御役御免で隠居させたが、嫡子の家督相続は認めて、追放や切腹などはさせていない。

手ぬるいと非難する重臣もいたが、幕府が寛大な処置をしてくれたので、藩内の処置も、それに習ったのである。

藩士たちが驚いたのは、和泉守の養嫡子となったのが、頼母が百合姫の入り婿にと根回しをしていた松平和豊だったことだ。

乗っ取りの陰謀さえなければ、現将軍家の遠縁に当たる和豊が白馬藩の次期藩主になることは、目出度《めでた》いことだし、藩にとっても有利なのである。

「産婆のお松が言うには、もう、お腹の中で緑児は落ち着いているのですって」

妊娠五ヶ月の藤は、微笑みながら言った。頬の線がまろやかになり、若妻ぶりが、すっかり板についている。

酒断ちをした藩主の大河内和泉守は見違えるように元気になり、今は藩政に専念している。

藤の懐妊を喜ぶことは大輔に勝るとも劣らぬほどで、「待ちきれぬから、藤よ、早く産め」などと言って、奥方に窘《たしな》められるほどであった。

「だから、適度に軀を動かしたほうが、丈夫な緑児になるし、出産も楽になるそうですのよ」

「理屈はそうかも知れぬが……」

「心配なさらなくとも、旦那様とわたくしの子ですもの。きっと元気な子ですわ」

「うむ、そうだな」

何となく顔が綻《ほころ》んでしまう、大輔だ。

ちなみに、兄の新兵衛にも、先月、待望の第一子——男子が産まれている。顔は、早苗そっくりという評判だ。

「旦那様は、男の子がご所望なのでしょう」

「いや、男でも女でも、元気な子ならば、どちらでも良い。一人目が女の子だったら、次は男の子を産んでくれればよいのだ」

「あら、二人目も女の子なら」

「三人でも四人でも五人でも、好きなだけ産めばよい」

「賑やかで、よろしいですわね」

藤も、楽しそうに言う。

「本当は、な」と大輔。

「お前が産んでくれる子なら、全員が女の子でも構わぬ。南条家の後継などは、長女の婿で十分だよ」

　そして、一呼吸《ひと》置いてから、

「そもそも、男の子だ、女の子だと変に拘《こだわ》るから、ややこしい事態になるのだ。子供は天からの授かりものなのだから、大事に育てれば良いだけの話ではないか」

「大輔様……」

　涙ぐんだ藤は、顔を背けて袂《たもと》を目元に当てる。実父の大河内和泉守の愚かな所行を遠回しに批判してくれた夫に、藤は心の中で感謝した。

「男でも女でも、俺が、みっちりと武芸を仕込んでやる。尾崎先生直伝の業《わざ》をな」

「まあ、気の早いこと」

　藤も笑顔になって、

「女の子なら、及ばずながら、わたくしも手ほどきをいたしましょう。でも……あんまり娘がお転婆《てんば》になったら、お嫁の貰い手がなくなりますわよ」

　大輔は眉を上げて、

「ほう、そうか。俺の知るお転婆娘は、火のように激しい気性のじゃじゃ馬だったが、無事に連れ合いを見つけたらしいぞ」

「あら、ひどい」

藤は、わざと膨れて見せた。生来の麗貌《れいぼう》に、初恋の男性と結ばれて暖かい家庭を得た満足感が加わったためか、そんな顔をしても、比類のない美しさである。

「大体、俺の娘は、お嫁になんぞ行かんでよい。ずっと家に居ればよいのだ」

「義姉上に…早苗様に、お聞きしました。義兄上も、次は女の子だ、女の子が生まれたら一生嫁にやらぬ——と言われたそうで。殿方《とのがた》って、みんな同じですのね」

本当は、「ねえ、藤様。世の父親というものは皆、我が娘のこととなると愚者《ぐしゃ》の極みになりますのよ」と早苗は言ったのだが、そこまで大輔に教えるわけにはいかない。

「そ、そんなことはないが」

旗色の悪くなった大輔は、黒漆塗りの扇を開いて、ばたばたとあおいだ。

「お、着いたぞ」

森が開けて、行く手に綾姫《あやひめ》滝の広い河原が見えた。昼下がりの陽光が、滝の飛沫に小さな虹を立てている。

「まあ、綺麗な滝」

思えば、昨年の初夏、ここで三弦《さんげん》の伽羅《きゃら》に襲われて童貞を奪われた時から、南条大輔の運命は大変転したのである。

冷飯《ひやめし》喰いの次男坊が、御家の危難を救い、番頭の役職を得て藩主の娘と夫婦になる――そんなことを誰が予想したであろうか。

「ねえ、伽羅という女忍が旦那様を押し倒したのは、どこですの。あの岩の辺りかしら」

その場所がどうしても見たいと駄々《だだ》をこねて、わざわざここまで夫に案内させた、新妻の藤である。大輔は溜息《ためいき》をついて、

「もう、勘弁してくれよ」

「あら、教えてくれてもよいではありませんか」

祝言の後の〈初夜〉に、今までに関係した女の名前を全て白状させられた大輔である。いや、名前だけではなく、どんな行為を何回やったか、相手の反応はどうだったかまで詳しく説明させられた。

これほど嫉妬深いお姫様だったのか――と大輔は辟易《へきえき》したものである。

無論、大輔は、それから浮気など一度もしていない。その必要が全くないほど、藤は完璧な貞女で、閨《ねや》の中では献身的で情熱的な妻であった。

そのくせ、恥じらいの心は、いささかも摩耗してはいないのである。特に、大輔のものに唇や舌を使う時には、どうしても目を瞑《つぶ》ったままでないとできないという。

「あら、割れた大岩が。これですわね、きっと」

藤が興味深げに、その岩を撫でる姿を見守りながら、大輔は、昨年の秋に刀腰《とうよう》女《め》の吹雪《ふぶき》から来た手紙のことを考えていた。

吹雪は縁あって、信州の宙大寺《ちゅうだいじ》という尼寺に入ったという。春月尼《しゅんげつに》という法名を得た吹雪には二度と会うこともないだろうが、とりあえず、あの手紙は焼き捨てておいて、大正解であった。

それにしても、お嘉世の方と百合姫は――いや、正確には嘉世と百合の母娘は、今頃どうしているのだろうか。

大名の御国御前と姫君という身分から急転直下、頼るものなき流浪の逃亡者となって、無限の路銀があるわけでもなかろうに。

身から出た錆《さび》とはいえ、結局は、あの美貌を切り売りするか、無頼漢の慰みものになって地の果てに売り飛ばされるか、どちらかであろう。

（哀れな……）

大輔は、あらゆる意味で、自分たちは幸運だったと思う。

将軍家治や老中の田沼主殿頭が、もっと狭量な人物であったら、今頃、大輔も島沢忠広も首と胴が離れていただろうし、藤丸は軽くても生涯幽閉の身だったはずだ。

運命は自分の力で切り開くものだが、人智を越えたものこそが運命なのであり、そこに畏怖の念と感謝の心を忘れてはならない——と大輔は思っている。

色々な感慨に耽《ふけ》っていたためか、大輔ほどの兵法者《ひょうほうしゃ》でも、注意力が散漫になっていたらしい。

ぱきっ、という枯枝を踏む音を聞くまで、背後の危機に気づかなかったのだ。

振り向くと、薄汚れた旅装の浪人が、そこに立っていた。

「仙波……頼母か！」

もしも人相書きしか見たことがなければ、大輔は、その中年の浪人が頼母だとは絶対に気づかなかっただろう。一年近い逃亡生活の辛苦のためか、肉饅頭のように肥え太っていた顔は削げたようになっている。

しかし、その陰険な眼つきだけは、以前と同じであった。岩牢の中の大輔を言葉で嬲《なぶ》りものにした時の目、それと同じ目をしている。

その手に構えているのは、斗狩衆の血戯隷《ちざれ》の武器、鬼砲《きほう》であった。

「ようやく再会できたのう、南条大輔」

「それは……」

「逐電する際に、行きがけの駄賃にいただいた。壊れていたが、名護屋の鉄砲鍛冶が直してくれたぞ。有金の全てを巻き上げられたがな。しかし、この鬼砲さえあれば、達人といわれる貴様でも仕留められる」

「仙波頼母、恥を知らぬかっ」

怒りも露《あら》わに、若妻姿の藤が駆け寄ってくると、

「来るなっ」

大輔は銃口の前に立って、全身で藤を庇《かば》う。

「これはこれは、藤丸君《ぎみ》。いや、今は南条藤殿か」

頼母は頬を歪《ゆが》めて、

「噂通りの麗しい女房姿。わしをこんな境遇に突き落としておいて、自分だけは幸せ三昧《ざんまい》とは。まことに勝手な御方《おかた》じゃ」

「頼母」と大輔。

「そなたの今の惨めな姿は、己《おの》れ自身の邪心が招いた結果ではないか。武士とし

ての誇りが少しでも残っているなら、潔く腹を切れ。介錯は引き受けてやろう」

「愚かなことを申すな。流浪の途中に、妻に逃げられ、子に去られ、奉公人たちに金も持ち逃げされた、わしだ。お嘉世の方様も百合姫も、白馬領を脱出する時に別れたままで、生きているやら死んでいるやら」

「……………」

「南条大輔さえいなければ、わしの野望は実現できていたはず。そして、藤丸君が女だとわかっていれば、血を一滴も流さずに白馬藩を我がものにする工夫もあったものを」

頼母の両眼は、ぎらぎらと狂犬のように危険な光を帯びた。

「憎い。考えれば考えるほど、腸《はらわた》が千切れそうになるほど、貴様ら二人が憎い」

「……………」

「一発では殺さぬ。幸い、この鬼砲は二十連発。じわじわと嬲《なぶ》り殺しにしてくれるわっ」

それを聞いた大輔が、

「はっはっはっ」

いきなり、弾けたように大笑する。

「何がおかしい。あまりの恐怖に気が触れたか」

「じわじわと嬲り殺し？　それは、己れの腕前の拙さを隠すための方便だろう」

「黙れ。火縄銃と違って、風さえあれば焔硝《えんしょう》の要らぬ鬼砲じゃ。人けのない山の中で修練に修練を重ねて、今では十間《じっけん》先から小鳥の目玉でも撃ち抜けるわっ」

「そこまで言うなら、ほれ」

黒漆塗りの閉じた扇の先端で、大輔は、左肩を叩いた。

「ここを見事に撃ち抜いてみよ。下へ逸れて心の臓を撃ってしまうと、嬲り殺しにはできぬぞ。どうだ、撃てるか」

「大輔様っ」

蒼白になった藤に、大輔は、

「静かにしなさい。お嫁は旦那様の言うことを聞く——という約束を忘れたのか」

「は、はい……」

その遣り取りを聞いていた頼母は、さらに怒りが募って、

「よし、撃ち抜いてくれるっ」

鬼砲の銃口を、大輔の左肩に向けた。

「動くなよ。たった五間の距離だ。貴様が無駄に足掻《あが》かなければ、外しようがな

い」

九メートル先の鬼砲に、大輔は不敵に嗤いかけて、

「来いっ」

その声に誘われたように、頼母の指が引き金を絞る。同時に、大輔の黒扇が素早く動いた。

ほとんど無音に近い発射音とともに銃口から飛び出した弾丸は、頼母が自慢する通り、正確に大輔の左肩に命中した——命中したかに見えた。

が、その直前に、黒漆塗りの扇の先端が左肩の前に立てられて、弾丸は、その親骨に命中する。

無論、頭蓋骨をも貫通するような鬼砲の弾丸であるから、扇など木《こ》っ端微塵《ぱみじん》にして、大輔の左肩に着弾するはずであった。

しかし、左肩は無傷だった。信じられないことに、黒扇が弾丸を受け止めたのである。

「そんな……？」

唖然《あぜん》とした頼母が次弾を撃つのを忘れている、その隙に、大輔は、黒扇を手裏剣に打った。見事に頼母の右手首に命中して、骨を砕く。

悲鳴を上げた頼母が鬼砲を取り落とした時、大輔は、眼前に迫っていた。

「えいっ」

峰を返した脇差が、その眉間に叩きつけられる。

「がはっ……」

脳震盪《のうしんとう》を起こした仙波頼母は、白目を剝いて、大の字に倒れた。

納刀した大輔は、黒扇と鬼砲を拾い上げる。

「大輔様っ」

妻の呼びかけも聞こえぬような厳しい表情で、綾姫滝の方へ行くと、鬼砲を真っ二つにへし折った。そして、それを滝壺へ投げこむ。

それから、藤のところへ戻って、

「大事ないか」

「はい。旦那様のおかげで。でも、旦那様は……」

「手首を挫《くじ》きそうになったが、平気だ。もっとも、この鉄扇《てっせん》は作り直さんといかんが」

大輔の黒扇は長さ一尺、親骨は鍛鉄、扇面は真鍮板の五枚重ねという特製の鉄扇なのである。

重量が一貫という大変なもので、これを広げて普通の木と紙の扇のようにあおいでいたのだから、大輔の手首の強さは尋常ではない。もっとも、隻眼の剣豪・柳生十兵衛三厳《みつよし》の鉄扇は一尺二寸で一貫五百匁《もんめ》の重さがあったという。

大輔は、最初から鬼砲の弾道上に鉄扇をかざして弾丸を受け止めるつもりだったのだ。

だから、わざと頼母を挑発して、特定の場所を撃たせるように仕向けたのである。

師の尾崎柳也斎に、剣聖といわれた塚原卜伝《ぼくでん》の卜伝流奥義《おうぎ》に鉄砲弾を受け取める業《わざ》があると聞かされていたのだが、実行したのは初めてだった。

「俺を撃つだけならともかく、お前まで撃つと言いおって……」

大輔は頼母の刀の下緒を抜き取ると、彼の両手首を背後で練りながら、

「何とも許し難い外道だが、ここで斬るのは私情になってしまうと思ってな。峰打ちにしておいた」

「はい、ご立派でございました。わたくしも、お裁きは父上…殿様に任せた方が良いと思います」

今まで以上に深く尊敬する目で夫を仰ぎ見る、藤であった。

「さて、戻るか。此奴《こやつ》の始末は、評定所の者に頼んで」

「ご苦労ですが、和助《わすけ》に評定所まで走って貰いましょう」

二人は、森の中へ引き返した。しばらく歩いていると、大輔が急に立ち止まって、

「む……思いついた」

「何をでございますか」

「将軍家に頂戴した画があるだろう。雷獣と蝶の画が」

十代将軍の家治は、特に気に入った画には〈政事之暇《まつりごとのいとま》〉という落款《らっかん》を押していた。藤姫の下賜された「雷獣と蝶」の画には、まさに政事之暇と押してあったのである。南条家重代の家宝であった。

「はい。見事な画で」

「あの画にちなんで、男が生まれたら、雷太《らいた》」

「雷太……勇ましいですわね」

「女の子なら、美しい蝶と書いて、み・ち・よ」

「美蝶……きれいな名前」

藤が、うっとりと感心していると、

「だからな、藤」

真剣な表情で、大輔は言った。

「男の子ならともかく、女の子を産むなら、必ず母親似にするのだ。父親似では、名前負けする。わかったな、よいなっ」

「はい、はい」

「何が、はいはいだ。そのように、いい加減な態度では美蝶が可哀相だ」

「はい、はい。わかりました」

藤は、先に立って歩き出した。

「何がわかったというのだっ」

「お義姉様《ねえさま》のおっしゃったことが、本当だとわかったのです」

「義姉上が？　義姉上が何を申されたのだ」

「わたくし、存じません」

「おい、藤っ」

たわいない言い争いをしながら帰ってゆく若夫婦を祝福するかのように、どこかで山鳥が鳴いていた——。

現在の大菩薩峠は、賽《さい》の河原から数百メートル南の場所を、そう呼んでいる。

あまりにも遭難の多い難所なので、明治時代になって、峠の場所が移し替えられたのだ。

そして、旧大菩薩峠である賽の河原の北西の岩尾根は、今では〈雷岩〉と呼ばれている。

神成岩《かみなりいわ》の呼称が雷岩に変わった時期や経緯は、よくわかっていない。

# 番外篇　妄龍《もうりゅう》の夜

一

「女は……夫を持つと、日毎《ひごと》に美しくなるのだな」

妻の背中に唇を這わせながら、二十五歳の南条大輔《だいすけ》は言った。

「まあ、何をおっしゃいます……ああ」

夫の唇による愛撫を受けて、藤は身をくねらせる。一糸纏《まと》わぬ裸身が、夜具に横臥《おうが》していた。

「そなたのこの白い背中、まことに美しい」

この二人が夫婦になって、三年目の春であった。

二十一歳の藤《ふじ》の肢体《したい》は、一子を設けてからは、その肌にうっすらと脂がのって、女として魅力がさらに増していた。

三年前――藤が懐妊にした時に、腹に障りがないように横向きで睦み合う方法を、大輔は知り合いの産婆に教えられたのである。

試してみると、これがまことに具合が良く、無事に出産を終えた後も、二人は、この態位で交わることが多くなった。

寝間着を脱いで全裸になった藤が、左肩を下にして横向きになり、両膝を軽く折る。大輔は、その妻の後ろから愛撫を施すのだ。

耳朶《じだ》を甘嚙みし、耳の付け根から首筋、左の肩、腋の下の窪み、背中と唇と舌を這わせる。

今、下帯一本の大輔の唇は、藤の臀《しり》の割れ目の始まりに達していた。

十万石に一石だけ足りない白馬《はくば》藩九万九千九百九十九石の藩主・大河内《おおこうち》和泉守の正室の子である藤は、女として生まれたのに、男として育てられた。

剣術修業や乗馬も仕込まれたので、並の女人《にょにん》よりは筋肉が発達し、少年のように引き締まった肉体であった。

しかし、年頃になると、胸がふくらみ、臀に脂肪がついて丸くなることは避けられない。

艱難辛苦《かんなんしんく》の果てに、愛する大輔の妻となった今は、夫に数えきれぬほど抱かれて女として開花した。

それゆえ、その臀部も、女体《にょたい》の極みともいうべき絶妙な丸みを帯びている。

熟れた白桃のような臀の双丘《そうきゅう》を愛撫していた夫の唇は、その割れ目の奥底にある後庭華に向かっていた。

「旦那様、いけません。そこは不浄の場所……」

恥じらって、藤が身を縮めると、

「何を言う。そなたの軀に不浄の場所などないと、何度申せばわかるのか」

大輔の唇と舌は、かまわずに妻の美しい後門を愛撫する。

「いけません、いけません……」

かぶりを振る藤は、排泄孔の奥まで差し入れられた夫の舌先がもたらす快感に、頭の中が白熱したようになった。

女の花園から、こんこんと愛の泉が湧き出す。

大輔は、妻の後門から会陰部を舐めて、その花園に唇をつけた。音を立て、透明な秘蜜を啜《すす》る。

「あっ、あっ、ああっ」

女器を吸われる快感だけではなく、その淫猥な音が、さらに藤を乱れさせた。

藤のそこは恥毛は薄く、花裂や薄い花弁は桜色を帯びている。

「旦那様、もう……」

「よし、よし」

ひとつになりたいと願う妻の哀願を受けて、大輔は軀《からだ》の位置を変えた。

背後から妻に覆いかぶさるようにすると、大輔は、下帯《したおび》を解いて、外した。

股間の逸物は雄大で、淫水《いんすい》焼けのように黒光りしている。玉冠部の縁は、松茸のように開いていた。

その先端を、濡れそぼった妻の花園にあてがうと、

「参るぞ」

大輔は、静かに腰を進めた。

「ひァっ……」

藤は仰《の》けぞった。反りかえった長大な男根は、花孔の入口から侵入して、奥の院にまで到達する。

女壺の内部は、髪一筋の隙間もなく、肉根に占領されたのだ。

肉襞《にくひだ》が、大輔の分身を絶妙に締めつけている。

「あ、あなた……」

肩越しに振り向いて、藤は接吻を求める。

大輔は、妻の紅唇に己が唇を重ねた。

自分の排泄孔の内部までも侵入した夫の舌を、藤は嬉しそうに吸う。

（我らは、よくぞ命があったものだ……）

妻の藤と交わり、その口を吸う度に、南条大輔は、そう思わざるを得ない。

## 二

藩主和泉守の我儘《わがまま》から、女として生まれた藤を男子と偽《いつわ》って、公儀に届けを出した。

そして、藤丸という嫡子として育てて十八になったのだが、女であることが露見するのを怖れて、将軍家に御目見得《おめみえ》させることも出来ずにいたのだ。

一方、側用人の仙波《せんば》頼母《たのも》は、側室で御国御前《おくにごぜ》のお嘉世《かよ》の方《かた》と手を組み、藤丸を排除して、お嘉世の方が生んだ百合姫に婿を取らせ、白馬藩の跡継ぎにしようとしていた。

つまり、御家《おいえ》乗っ取りである。

最も確実な手段は、藤丸を亡《な》き者にすることだ。

そのため、頼母は、飛騨《ひだ》忍群《にんぐん》の流れをくむという斗狩衆《とがりしゅう》という忍者を雇った。幻夜斎《げんやさい》を長《おさ》とする斗狩衆は、魔忍《まにん》とも呼ぶべき恐ろしい術者の集まりである。

大輔は、若君藤丸様の警護役として、斗狩衆と闘い、正義の剣で彼らを打ち破った。

そして、藩主が倒れたという江戸屋敷からの急報で、藤丸は急遽、江戸へ向かうことになった。当代の藩主の存命中に将軍との対面をしておかないと、実子であっても、後継として認められないのである。

だが、その一行も斗狩衆の襲撃を受けて、ついに、大菩薩峠《だいぼさつ》で、幻夜斎が藤丸に襲いかかって来た。

駆けつけた大輔が刃《やいば》を振るったが、人間の血を鎧《よろい》にする奇怪な術によって、幻夜斎を倒すことが出来ない。

その時、巨大な球電《きゅうでん》が出現し、幻夜斎は黒焦げになって息絶えたのである。

奇跡的に生きながらえた大輔と藤丸は、江戸へ辿り着いた。

そして、藤丸は十代将軍家治と対面し、自分が女であることを告白したのである。ただし、それは雷獣《らいじゅう》、つまり球電の不可思議な力により、男子であった藤丸が女子《おなご》に変生《へんじよう》したのだ――と説明した。

家治は上機嫌でその弁明を受け入れ、藤丸に自筆の「雷獣と蝶」の画まで下賜《かし》したのである。

奸臣の仙波頼母はお嘉世の方、百合姫とともに逐電し、藩政は一新された。

和泉守は健康を取り戻し、将軍家の遠縁である松平和豊を養嫡子に迎えた。

そして、藤丸こと藤は、国家老の島沢忠広《しまざわただひろ》を仮親として、重臣の娘として、南条大輔に嫁いだのである。

翌年には藤は懐妊し、可愛い女の子を産んだ。

将軍家から拝領した「雷獣と蝶」の画に因んで、その子は美蝶《みちよ》と名づけられた。

美蝶は、すくすくと健康に育ち、今は隣の間で眠っている。

こうして、美蝶という子宝を得て、愛妻と睦み合っていると、あの時の苦労が夢だったかのように思えてくるのだ。

無論、夢ではなかったからこそ、一介の藩士に過ぎない大輔に、藤姫が嫁ぐことが出来たのだが……。

(神仏の加護があったのだ……正義を貫かんとした我らの心を、神仏が哀れんでくださったのだろう……)

大輔は胸の中で神仏に感謝しながら、愛の行為を続行する。

横臥位だと、交わりながら右手で乳房や秘処《ひめどころ》を自由に愛撫できるのが良い。

大輔は、愛液で濡れた中指の腹で、膨れ上がった淫核を撫でた。

「ひィあっ」

その鋭い刺激に、藤は達してしまう。

肉襞《にくひだ》の痙攣に合わせて、大輔も吐精した。

愛する妻の奥の院に、白濁した男の精を夥《おびただ》しく放つ。

「…………」

しばらくの間、二人は重なったまま、快楽の余燼《よじん》を噛みしめていた。

それから、大輔が手を伸ばして、枕元の桜紙を取る。

結合部の後始末をすると、藤が、桜紙を畳んで秘部に挟みこみ、「わたくしが……」と大輔の股間に顔を伏せた。

愛《いと》しげに夫の男根を咥えて、しゃぶり、浄《きよ》める。それだけではなく、藤は、玉袋にも舌を這わせた。

そして、夫の後ろの門まで舐めようとした、その時、

「っ？」

夜の黙《しじま》を破って、異様な叫び声が響き渡ったのだ。

三

「そなたは、美蝶をっ」

南条大輔は、それだけ言って、素早く下帯《したおび》を締めた。

「はいっ」

輝くような裸身に肌襦袢《はだじゅばん》を羽織って、懐剣を手にした藤は、襖《ふすま》を開けて、隣の間へ飛びこむ。

そして、無心に眠っている娘を抱き上げた。

下帯一本の姿の大輔は、刀掛けの大刀を手にとって、廊下へ出た。

雨戸に額を近づけて、庭の気配を窺う。

女の断末魔のような叫び声は、庭の方から聞こえて来たのである。

しかし、今は、人の気配は感じられない。

妻が美蝶を守っているのを確認してから、大輔は、さっと雨戸を開いた。

「――――」

月光に照らし出された春の庭は、常と変わらぬ佇《たたず》まいを見せている。怪しい者の姿はない。

庭下駄をはいて、大輔は庭へ出た。

石灯籠《いしどうろう》の前で周囲を見まわしたが、やはり、何者かが潜んでいるような気配は感じられなかった。

が、石灯籠の向こう側へまわって見ると、

「むっ」

そこに、血の痕があった。人間が斬殺されたのにしては、血痕は小さいようだ。

しゃがこんでよく見ると、獣毛が落ちている。大輔は、それを摘まみ上げた。

「これは……猫の毛か？」

草履《ぞうり》の足音が、近づいて来た。見なくても、誰だかわかっている。

「旦那様、今の悲鳴は何でしょう」

老僕の和助《わすけ》であった。

前は、兄の新兵衛の屋敷に奉公していた和助だが、大輔が分家を立てて藤姫を嫁に迎えることが決まった時に、こっちへ奉公替えをしてもらったのである。

「耳敏《みみざと》いな。他の者は寝ているようだが」

女中のみならず、若党も中間《ちゅうげん》も寝入っているようであった。

「年寄りは寝つきが悪いですから」

和助は、笑って見せた。だが、地面の血痕を見て、顔色を変える。

「なんですか、これは」

「猫の血らしい」

「猫……？」

「近頃、よその猫が当家に入りこんで来るということはないか」

「そういえば、時々、黒い野良猫が入りこんで、粗相《そそう》をしていきます。箒《ほうき》を振り上げて追っかけると、逃げて行きますが」

「この毛は黒いな……黒猫か」

石灯籠の明かりに照らして、大輔は言う。

「いつもの野良猫が、昼間は和助に追い出されるので、夜に忍びこんだものか」

「ですが、それがどうして……何かに喰われたのですか」

「そのように見える。さっきのは、黒猫が喰い殺された時の断末魔の叫びだろう」

「その喰った奴は、何ですかかね」

和助は、首を傾《かし》げる。

「山の中ならともかく、狼や熊が、この町中にいるとは思えませんが」

「そうだな。猫一匹を丸ごと呑みこむような大きな獣物《けだもの》が徘徊しているとは、とても思えぬが……」

もう一度、庭を見まわして、考えこむ大輔であった。

四

二度目の怪事件が起こったのは、それから四日後の夜のことであった。

番頭《ばんがしら》を務める南条大輔は、その夜は城中に宿直《とのい》である。

屋敷にいるのは、妻の藤と娘の美蝶、そして奉公人たちだ。

「念のために、美蝶と兄上の屋敷へ泊めて貰ってはどうか」

出仕《しゅつし》の前に大輔がそう言うと、藤は笑って、

「野良猫が消えたくらいで、妻が怖がったりしては、番頭の旦那様の名に傷がつきます。大丈夫でございますよ」

そう言って、夫を送り出したのであった。

――あの夜は、和助が若党や中間《ちゅうげん》を起こして、念のために皆で手分けして、屋敷の敷地内と周囲を見てまわったのである。

その結果、血痕以外に、これといって怪しいものはなかった。大型の捕食獣が塀を越えて出入りした痕跡もなかったのである。

結局、大きな梟《ふくろう》が飛来して、野良猫を咥《くわ》えて飛び去ったのではないか――ということになった。これなら、血痕だけで、猫の死骸がないことの説明がつく。

だから、藤も安心していたのだが――いざ、日が落ちてみると、何となく不安になってきた。

食事と風呂を終えて、就寝の時刻になると、藤は脇差を持ち出した。男装の若君時代に、腰に帯びていたものである。

美蝶の眠る座敷で、藤は帯も解かずに、夜具の脇に座りこんだ。

そして、真夜中――つい、うとうとしていた藤の耳に、異様な音が聞こえてきた。

ずるっ、ずるっ……と何か大きなものを引きずる音である。

藤は、美蝶を抱くと、脇差を手にした。

その音は、この座敷の前の廊下を通ってゆく。

藤は、片膝を起こしていた。

いざという時は、美蝶を左腕で抱いたまま、右手だけで抜刀する術を心得ている。

「……」

その何かを引きずる音は、遠ざかって行った。突き当たりの角を右へ曲がって、居間の方へ行ったようだ。

立ち上がった藤は、脇差を持っている右手の指で、そっと障子を開いた。

廊下には、何もいない。ただ、かすかに、生臭いような異臭が漂っていた。

「和助っ」

藤は叫んだ。あわてて、こちらへ駆けて来る老僕の足音が聞こえた。

度胸の良い子供で、美蝶は母の腕の中で眠ったままである。

朝になって帰宅した大輔は、妻の話を聞いて、奉公人に命じて屋根裏を徹底的に探させた。

年を経《へ》た大きな蛇が屋根裏に住みつくというのは、田舎の百姓家ではよくある

——と聞いていたからだ。藤が言う生臭い異臭も、蛇だとしたら説明がつく。また、大きな蛇なら、猫を丸呑みにしても、不思議はない。

しかし、屋根裏には蛇の姿はなく、薄く積もった埃の上を何かが這ったような痕跡もなかった。それではと、屋敷の中や縁《えん》の下を調べたが、やはり、蛇を見つけることは出来なかった。

何かを引きずる音や異臭は、藤の体験であり、奉公人たちは何も聞いていないという。

しかし、大輔は、妻の言葉を毫《ごう》も疑わなかった。

あの大菩薩峠の凄惨な死闘を潜り抜けた藤である。並の武家娘とは、わけが違うのだ。不安に怯《おび》えて幻聴や幻臭を訴えるなど、ありえない。

念のために庭の土蔵の中も確かめたが、蛇の姿も、棲みついたような痕跡もない。

「蛇ならば、ひそかに塀を乗り越えて、屋敷に出入りできるのではないか」

居間に座した大輔が、茶を飲みながら言う。

「そうでございますね」

美蝶を抱いた藤も、同意した。まだ言葉を発しない美蝶は、母の襟元を紅葉《もみじ》より小さい手で弄《いじ》っている。

「犬を飼うか。徳之介の屋敷で、子犬が生まれたと聞いたが」

「でも、子犬では大蛇にかないませんでしょう。食べられたりしたら、可哀相《かわいそう》ですわ」

「そうだな。では、ご家老の屋敷の唐犬《とうけん》を一匹、譲っていただこうか……」

そう言いながら、何となく床の間を見た大輔は、そこの置物に目を止めた。

それは、白磁の龍の置物であった。

五

「これは、これは、南条様。その節は大層お世話になりまして。これ、番頭《ばんとう》さん、何をしているね。早く、奥へご案内しなさい――」

白馬城の城下町にある老舗の道具屋〈長崎屋〉を、南条大輔は訪ねた。

奥から飛び出して来た主人の伊兵衛は、大輔を客間の上座に座らせて、改めて両手をついて挨拶をする。

「うちが今日も無事に商いを続けられるのは、南条様のお蔭でございます。家の者も、奉公人たちも、そのように感謝しております。生憎《あいにく》、お浜は用事を言いつけたので、出かけておりますが――」

「いや、その挨拶はかえって恐縮だ。あの時、俺は、たまたま通りかかっただけだからな」

「いいえ。万事、厄介事《やっかいごと》は見て見ぬふりをするのが世人《せじん》の常《つね》、たかが道具屋の女中の危難など、普通なら気にも懸けぬものでございます。それを、南条様は――」

初老の伊兵衛は、絶句して涙ぐんだ。

「これ、湿っぽくなってはいかん」

半月ほど前のこと――この長崎屋の前を、大輔は通りかかった。出先から屋敷へ帰る途中に、何か美蝶の喜びそうな玩具を買って帰ろうと思い立ったのである。ところが、見ると、二人の浪人者が中年の女中を小突《こづ》きまわしているではないか。

どうやら、お浜という女中が店の前に水を撒いていたら、片方の浪人の袴に飛沫がかかったらしい。二人とも、明らかに、ゆすりたかりで喰っている浪人者であった。

「店先では何ですから、中へ…」

止めに出て来た番頭は、土間の方へ乱暴に突き飛ばされた。

二人の浪人者は、あくまでも店の前で騒ぎを大きくして、詫び料をせしめるつもりであろう。通りかかった人々は、遠巻きにして、成行を眺めている。

「その方ら、何をしておる」

元々が短気で正義感の強い大輔は、これを見過ごすことが出来なかった。

「仮にも二刀を腰に帯びた者が、白昼、往来で女を苛《いじ》めて何が面白い。少しは、恥というものを知るが良かろう」

それを聞いた二人の浪人者は、

「ぬかしおったな」

「二刀の斬れ味、とくと、その軀《からだ》で味わうがよいっ」

いきなり、大刀を抜いた。野次馬たちは、わっと逃げ出して、大輔たちから距離をとる。

「無法な奴らだな。放って置いては、領民の迷惑になろう。来るがいい」

大輔は、腰に差した黒漆塗りの扇を抜いた。

「舐めるなっ」

二人は、ほぼ同時に斬りかかったが、瞬時に、その刃《やいば》を根元から叩き折られた。

大輔の黒扇は、鉄扇だったのである。

あまりの腕前の差に、浪人者は這々《ほうほう》の体《てい》で逃げ出した。

野次馬たちの歓声を背に、大輔はその場を立ち去ろうとしたが、出て来た店の主人の伊兵衛に、奥の居間に案内された。

そして、厚く礼を言われて、酒肴《しゅこう》の膳で歓待されたのである。その時に、飾ってある小さな白磁の龍の置物が目に止まった。

「見事な置物だな。透き通るような色合いも、素晴らしい。名人の作か」

「それが無名の焼物師《やきものし》で……実は先月、うちの前で行き倒れていたのでございます」

その焼物師は、西国出身の吾平《ごへい》という老爺《ろうや》だった。

気の毒に思った伊兵衛が、空いていた下男部屋に寝かせて、女中のお浜に看病させたのだが、その甲斐なく、吾平は息を引き取った。

亡くなる間際に、長崎屋伊兵衛に親切にして貰った礼を述べて、「良かったら、この龍を受け取ってください」と置物を差し出したのだという。自分は名も無い陶工だが、これだけは自慢の作だ——と言ったそうだ。

「お気にいられたのでしたら、お礼と申してはなんですが、お屋敷の方へ届けさせていただきます」

そういう経緯で、龍の置物は、大輔の屋敷の居間に飾られることになったのだった……。

「本日は、ちと尋ねたいことがあってな」と大輔。

「あの龍の置物を作った焼物師の吾平だが、その後、何か身寄りの者でも訪ねて来なかったか」

「いえ、一向に。うちの菩提寺に葬《ほうむ》ってはあげましたが」

「左様か……いや、あまり見事な物なので、身寄りの者がいたら、代金をつかわそうと思ったのだ。忙しいところ、邪魔をしたな」

大輔は、しきりに引き留める伊兵衛に断りを言って、長崎屋を出た。

通りを歩きながら、（俺の考えすぎだろうか……）と思う。

しかし、居間であの龍を見た時、悪寒《おかん》のようなものが背中を走り抜けたのだ。

龍ならば、猫を丸呑みにし、屋敷の中を這いまわるのではないか――と思ったのである。念のために、龍の置物は木箱に入れて蓋を釘で打ちつけ、土蔵に入れてから、長崎屋に来たのだった。

（龍の置物が夜な夜な動き出すなど、本当に迷信もいいところだ。俺としたこと

が)

　そんな風に考えながら歩いていると、

「お武家様、お武家様」

　遠慮がちに彼を呼び止めたのは、長崎屋の女中のお浜であった。用事を済ませて、店へ戻る途中らしい。

「おう、お浜か。息災《そくさい》で何よりだな」

「ありがとうございます。あの……少し、お耳に入れたいことが――」

　路地へ入って、お浜は話し出した。

「実は、焼物師の吾平さんが亡くなる前の晩に、罪障《ざいしょう》を告白したいと言いまして」

「罪障だと」

「あの人、墓暴《はかあば》きをしたそうなんです」

「どういうことだ、それは」

　お浜によると――焼物師の吾平の夢枕に、仙人のような人物が現れて、「大菩薩峠の麓の小菅《こすげ》村に、林昌寺という寺があり、その墓地の無縁仏の墓に、行き倒れのホトケが埋葬されている。そのホトケの骨を磨り潰し粉にし、粘土に混ぜて焼けば、名品が焼き上がるだろう」と告げた。

半信半疑の吾平は、小菅村を訪れると、本当に林昌寺という寺がある。夢のお告げは嘘ではなかった——と思った吾平は、深夜に墓を掘り返して骨を手に入れて、龍の焼物を作り上げたのだ。

「唐土《もろこし》では、親しい者が死ぬと、その骨を砕いて焼物を作り故人を偲《しの》ぶ——という古い習慣があると聞いた。だから、墓を掘り返したのだ。たしかに焼物は素晴らしかったが、墓暴きという重罪に口を噤《つぐ》んだまま死んだら、俺は間違いなく地獄に落ちるだろう……だから、お浜さんに聞いてもらいたかったのだ」

話し終えたお浜は、「危ないところを助けていただいたお武家様に、このことを隠しておくのは良くないと思いまして」と付け加えた。

「よく話してくれた。礼を言うぞ」

そう言って、いきなり、大輔は走り出した。

謎は解けた。あの龍の置物に練りこまれた無縁仏とは、斗狩衆の頭領・幻夜斎のものだったのである。あの魔人は、死してなお、大輔たちに祟《たた》ろうとしているのだ。

おそらく、幻夜斎の邪念が乗り移った龍は、深夜に動き出して野良猫を喰《くら》い、屋敷の廊下を徘徊したに違いない。このまま放置すれば、次は大輔を、いや、妻の藤と娘の美蝶を狙うだろう。その方が、大輔を苦しめることが出来る……。

「どけ、どいてくれっ」

その大輔の大声に、通行人たちは右へ左へと逃げ惑う。

晴れ渡っていた空が、にわかに曇りだし、冷たい風が吹いてきた。

六

南条大輔が屋敷に着いた時には、厚く垂れこめた黒雲のために、周囲は夕方のように薄暗くなっている。

玄関に飛びこむと、奥から藤の悲鳴が聞こえた。蹴るように履物を脱いで、大輔は、奥の寝間へ駆けこんだ。

「藤っ、美蝶っ」

見ると、美蝶を抱いた藤が、脇差を構えていた。が、その脇差は刃《やいば》が真ん中から折れている。

そして、庭先に二丈——六メートルほどもある白い龍が蟠《わだかま》っていた。地面に、折れた脇差の刃が落ちている。周囲には、むっとするような臭いが立ちこめていた。

「こいつは、幻夜斎の化身だっ」

妻子を庇《かば》って叫びながら、大輔は刀を抜いた。

「まあ、それで」

苦労を供にした藤だけに、夫のその一言で全てを察したらしい。大輔の邪魔にならないように、後ろへ退《さ》がる。

何とも豪胆なことに、この騒ぎの最中に、美蝶は眠りこけていた。

「先ほど、土蔵の壁を破って、出て来たのです。和助たちは皆、龍に見入られただけで、倒れてしまいました」

「邪気が強すぎるのだ」

大輔も、強風が顔面に吹きつけるような物理的な圧力を感じている。四年ぶりに甦《よみがえ》った幻夜斎の妄念《もうねん》は、このように龍を大きくしたのであった。鎌首をもたげた龍は、大輔に飛びかかる機会を狙っているようだ。

刀を左手に持ちかえて、大輔は、右手で帯から黒扇を抜いた。そして、それを龍の鼻先に投げつける。

親骨は鍛鉄で扇面は真鍮《しんちゅう》という長さ一尺の鉄扇だ。重さは、一貫もある。その鉄扇が鼻先に激突すると、わずかに怯《ひる》んだように見えた。

「えいっ」

大輔は庭へ飛び下りて、その龍の首に、大刀を振り下ろす。

南蛮兜をも断ち割る大輔の豪剣だが、龍の鱗は、それを弾き返した。そして、大輔に噛みつこうとする。大輔は、危うく、その牙を避けた。

「むむ……俺の刃が通らぬのか」

大刀を右八双《はっそう》に構えて、大輔は焦った。遠雷が聞こえて来る。

その時、藤の腕の中の美蝶が、ぱっと目を覚ました。母の銀の簪《かんざし》を指さして、「あー、あー」と何事か訴える。

「え」

少し考えて、藤は銀簪を引き抜いた。廊下へ出て、

「あなたっ」

その銀簪を、手裏剣に打つ。大輔に喰いつこうとしていた龍の左眼に、その簪は深々と突き刺さった。

次の瞬間、周囲が真っ白になって、天地の裂けるような轟音《ごうおん》が轟《とどろ》き渡る。龍の

左眼の簪に、雷が落ちたのであった。

　黒焦げになった龍は、それでも美蝶に襲いかかろうとした。その伸びた首へ、再び、大輔の豪剣が振り下ろされる。

　見事に切断された首は、宙に飛んだ。地面に落ちると、ぐずぐずと崩れて土になってしまう。胴体の方も同じように崩れた。

「滅んだか……」

　吐息を洩らした大輔は、黒い土の中から、焼け焦げた銀の簪を拾い上げる。

「助かったぞ、藤。幻夜斎に雷が落ちた時も、左眼に脇差を突き立てたのだったな」

「はい。わたくしもそれを思い出して……でも、この子が教えてくれましたのよ」

　藤は、腕の中の美蝶を見る。

「ふうむ……」

　にこにこと笑っている我が子の顔を、大輔は覗きこんで、

「大菩薩峠の時といい此《こ》の度《たび》といい、俺たちというよりも、美蝶に雷神の加護があるのかも知れぬなあ」

「雷神の子、ですわね」

藤は微笑して言った。

いつの間にか、黒雲の隙間から陽の光が差して、この幸福な親子を明るく照らしていた。

# あとがき

この作品は、学研M文庫で書き下ろした『乱愛剣法』に加筆訂正し、さらに、新たに番外篇として『妄龍《もうりよう》の夜』を書き下ろしました。

番外篇は後日譚で、本篇のクライマックスとも関わりのある内容です。

さて、この作品には実は元ネタがありまして、昭和の初めに「少年倶楽部」に連載された佐々木邦の『苦心の学友』がそれです。

佐々木邦は、戦前から戦後にかけて活躍したユーモア作家。『苦心〜』は、華族《かぞく》伯爵家の若様の学友になった少年が、若様の我儘《わがまま》に振りまわされながら、身分の上下を越えて親友になるというお話です。

私は講談社の少年倶楽部文庫でこの作品を読みながら、いつものように（笑）、「この若様が、実は男装の娘だったという話は、どうだろう」と考えついたわけですね。「お前はいつもそんなことを考えながら、小説を読んでいるのか」と訊かれたら、ハイ、その通りです。私はいつも、そういう風にネタを探してるわけですよ。

さらに、作品中の「白馬藩《はくば》」という名称ですが、これは美空ひばりさんが主演の東映ミュージカル時代劇『白馬城の花嫁』（一九六一）から借用しました。監督は、私の大好きな沢島忠さん。国家老の〈島沢忠広〉は、沢島さんのフルネームを入れ替えて、〈広〉を付けたものです。

さて、学研の『乱愛』シリーズは、『乱愛五十三次』、『乱愛無頼』と続いていくのですが、毎回、主人公も舞台も違います。

このシステムは、昭和の人気テレビドラマ『泣いてたまるか』（一九六六～六八年）を参考にしました。このドラマは、渥美清・中村嘉津雄・青島幸男が交代で主人公を務める一話完結の一時間ドラマで、原則として、主人公の設定は毎回、違うというもの。

私の『乱愛』シリーズの共通項は、主人公が精力絶倫で巨根の持ち主、そして艶福家という設定だけ。それと、毎回、男装美女が出て来ることですかね（笑）。

シリーズ一作目の本作の主人公が、単純直情の正義漢というところは、尊敬する山手樹一郎の作品の影響です。学研版では、文藝評論家の細谷正充《まさみつ》さんに解説をお願いしました。

出来れば、『乱愛』シリーズの二作目以降も、このコスミック文庫で刊行して貰えたら、と思います。

さて、次は、来春に『若殿はつらいよ／魔剣美女地獄（仮題）』になる予定ですので、お楽しみに。

二〇一九年十一月

鳴海　丈

## 参考資料

『今昔三道中独案内』今井金吾・著（日本交通公社出版局）
『青梅街道』山本和加子・著（聚海書林）
『耳嚢』根岸鎮衛・著（岩波書店）
『謎の発光体／球電』大月義彦・監修（丸善株式会社）
『隠し武器総覧』名和弓雄・著（壮神社）
その他

コスミック・時代文庫

●●●●●●●●●●●●●●●●●●●●●●●●●●●●●●●●●●●●●●●●●●●

# 乱《らん》愛《あい》剣《けん》法《ぽう》
## 魔忍者軍団を斬れ！

【著 者】
鳴海《なるみ》　丈《たけし》

【発行者】
杉原葉子

【発 行】
株式会社コスミック出版
〒154-0002 東京都世田谷区下馬 6-15-4
代表　TEL.03(5432)7081
営業　TEL.03(5432)7084
　　　FAX.03(5432)7088
編集　TEL.03(5432)7086
　　　FAX.03(5432)7090

【ホームページ】
http://www.cosmicpub.com/

【振替口座】
00110-8-611382

【印刷／製本】
中央精版印刷株式会社

乱丁・落丁本は、小社へ直接お送り下さい。郵送料小社負担にて
お取り替え致します。定価はカバーに表示してあります。


ISBN978-4-7747-6138-1 C0193